便利屋ブルーヘブン、営業中。

～そのお困りごと、大天狗と鬼が解決します～

卯崎瑛珠 Eiju Usaki

アルファポリス文庫

https://www.alphapolis.co.jp/

第一章　蟻地獄（ありじごく）

明け方の薄暗い空気の中、住宅街の間にぽつんとある小さな公園に、ふらりふらりと揺れる人影がひとつある。

怪我をしているのか、片足を引きずり、片手で腹を押さえるようにして歩いていた。

奏斗（かなと）は、痛んだ体を投げ出すようにして、一番隅にあるベンチに腰かけた。十五歳という年齢の割に大きな体格は、両腕両足を広げると二人掛けベンチでも手狭に感じる。

Tシャツの首元はたるみ、擦り切れたデニムからは膝が見えている。元の色が分からないぐらい履き込んだスニーカーには穴が開いていて、靴下の色がのぞく。奏斗は雑草の生えた砂地に両足を投げ出すと、遠くの景色に視線を投げた。

建物のすき間から太陽がゆっくりと顔を出す、早朝のこの時間の公園には人気（ひとけ）がないので、自分のようなボサボサ頭の怪しい中学生でも、遠慮なく居座ることができる。

「い！　てて……くそ、好き勝手やりやがって……」

脇腹を刺すような痛みが駆け抜け、奏斗の口から悪態が衝いて出た。

殴られて地面に転がった後、執拗に蹴られたことを思い出して、舌打ちする。

「何が、十五歳記念だよ……」

誕生日に理不尽な暴力を受けるような人間は、世界中のどこを探しても自分ぐらいではないか、と奏斗は想像してまた舌打ちした。

十五歳は、四捨五入したらぎりぎり二十歳。子どもと大人の狭間のような年齢だなと思う。

残酷な世の中をのぞき見るのに十分で、色々なことが分かってきたからだ。

父親がいないことは、離婚が当たり前になりつつある世の中でも、割と珍しいほうだ。

ゴミに埋もれたオンボロアパートの部屋は、普通じゃない。

『借金取り』が頻繁にやってきては暴力を受けるような環境は、もっと普通じゃない。

奏斗は、少しずつ拾い集めた『現実』というピースを脳内ではめ込んで、これから自分がどうなるかの予想図を頭の中で作ってみた。

(ああ、真っ暗だ。未来は、真っ暗だ)

昇ってくる太陽とは裏腹に、自分の未来は黒く沈んでいく気がする。

奏斗ががくりと首を垂れると、ベンチの下に小さくて黒い穴がひとつあることに気づいた。どこからかチロチロと触角を動かしつつやってきた蟻（あり）が一匹、その中に引きずり込まれていくのを、ただ眺める。

同じだ。自分も毎日少しずつ、地獄へと引きずり込まれている。

そのまま底まで落ちていくのだと思っていた。

――ある男に出会うまでは。

十五歳の奏斗には、キャバクラとスナックの違いは分からないが、母親がそのような商売をしていることだけは知っていた。

客と名乗る男が部屋に来たり、しばらく居ついたり、どこかへ行ったかと思えばまた別の男が来たりする。

そんな男たちは、家にいるだけならばまだよかったが、酒に酔って奏斗を殴る。イラついたからと殴る。いるだけで気に食わないと殴る。

中学生にしては立派な体格であるにもかかわらず、無抵抗の奏斗は、彼らの憂さ晴らしのための都合のいいサンドバッグになっていた。

それでも、素人に殴られた傷など、我慢して寝ているうちに治った。

ただ黙って耐えている——そんな日常が変わったのは、ついこの間からだ。

「借金返せ」

「あたしは、知らない！」

ガラの悪い男たちが、アパートにドカドカやってきては金を返せと騒ぎまくるようになったのだ。玄関や壁へ過剰に貼り紙をしたり、家具や家電を壊したりといった行為はどんどんエスカレートしていき、ついには母親を殴ろうとしたので、奏斗は当然割って入った。

「やめろ！」

またサンドバッグになればいい——楽観的な憶測でもって無抵抗を決めたが、これまで勝手に部屋に居ついていた『客』たちとは違い、相手はおそらくその道のプロである。土足のまま部屋へ上がり込んでいた男たちに、奏斗はあっという間に袋叩きにされた。

今までにない痛みを受け、血反吐(ちへど)を吐き、立てなくなる。とても『寝ていれば治る』類(たぐい)のものではない。

「っぐ……」

鼻血を吹き出し、胃からせりあがってくる苦い液体をゲホゴホ吐き出し、のたうち回る奏斗を見ても、母親はぶるぶる震えて見ているだけだった。

「このぐらいにしとくか。おい、払うまで来るからな。わかったな？」

言い捨てて出て行く足音を、奏斗は聞くことしかできない。

顔も腹も燃えるように熱い。畳の上で、少しでも痛みを逃がそうとごろごろ転がっているうちに、意識を失う。毎日がその繰り返しだ。

痛い。熱い。怖い。辛い。悲しい。寒い。

そんな常人なら耐えられないような地獄の連続に耐えられたのは、『母を守りたい』と思っていたからだった。

「おーい、生きてるか？」

ベンチの上で半ば気絶していた奏斗の頭上から、どこかのんびりとした男の声が降ってきた。

「すげえ怪我してんな。大丈夫か？」

奏斗の頭に最初に浮かんだのが、でかい、だった。自分が座っているのを差し引いても、男はかなり身長が高いと分かる。

次に、怖そう。赤くて癖のある長い髪を後ろで束ねた男の、白い半袖のTシャツから見える首や二の腕には、なんの模様か分からないがタトゥーがいくつもある。

最後に、犬。いつの間にか奏斗の足元に、茶色いふわふわの毛をした犬がまとわりついていた。

「……っす」

膝の前に立った犬がつぶらな黒い瞳で見上げてきて、奏斗は戸惑う。はっはっと細かく息をする口からは、舌がはみ出ていた。

「そいつ可愛いだろ。ダイキチってんだ」

「……ダイキチ」

「ワンッ」

返事をされたので、奏斗は自然と手を伸ばしてダイキチの頭をくしくしと撫でていた。目を細めて尻尾を振っていて、人懐こいと感じる。

「立てるか？　手当てしてやるから、ついてこい」

「っと、俺……」

「ん？」

「金、ないっす」

戸惑う奏斗に対して、男は大口を開けて笑った。

「はっは！　んなもん、いらねえよ。歩けるか？」

口の端から見えた八重歯とその笑い方には不思議な魅力があって、奏斗は素直に頷いてしまう。

「ん。ほらよ」

差し出された男の手を少しだけ躊躇ってから握ると、男はぐいっと奏斗の身体を上に引っ張る。奏斗は力強さに圧倒されつつ、立ち上がった。

くるりと踵を返した男は、思った通り背が高く、ほどよくついた筋肉がTシャツの生地を押し上げている。奏斗が痛む体を引きずるようにして追いかけると、時折ダイキチが心配そうに振り返り、その三回に一回は男も一緒に振り返る。

「肩貸すか？」

奏斗は、黙って首を横に振った。

「もう少しで着くからな。頑張れ」

「……っす」

心配されたり応援されたりするのは、奏斗にとってまるで現実味がないことだ。夢の中にいるような感じで、ふらふらと足元が覚束ないままに、彼らについていった。

公園から出て住宅地を歩いていくうちに、屋根のある場所に入った。奏斗がきょろきょろと首を巡らせると、左右にシャッターの下りた店がずらりと並んでいる。脇道から、アーケード商店街に入ったらしい。早朝だからか、人影は見当たらない。

屋根の下、黒ずんだレンガタイルが敷き詰められた道を歩いていくと、二枚並んだうち一枚のシャッターが開いた、ガラス扉を構える店が目に入った。

ガラス扉は今時珍しい、手で開けるタイプ。男は立ち止まると、その大きな四角い銀色の取っ手を無造作にぐいっと手前に引いた。

「俺の店だから、遠慮はいらねえ。入れや」

「……っす」

「あ、頭気をつけろよ」

慣れた様子で少しかがんでから入る男を見て、奏斗は思わず言葉を漏らした。

「俺よりデカイ……」

百七十五センチある奏斗が見上げるぐらいだ、おそらく男は百九十くらいはあるだろう。

「はは。お前もデカイな。うし、ここ座れ」

店内は埃（ほこり）っぽくて、家具や積み上げられた書類でごちゃごちゃしていた。大人三、四人が入れば窮屈に感じるほどの広さだ。

ガタガタと出されたパイプ椅子に、奏斗は素直に腰かけた。ダイキチが足元近くの床にお尻をつけて座ったのに気づいて、その額を撫でながら店内を見回す。

壁際にはスチール棚が並び、掃除用具やらよく分からない段ボール箱やらが所狭しと置かれている。ガラス付き書棚にはファイルがたくさんあるが、入りきらない書類がファイルの上に横置きでぎゅうぎゅうに詰められていた。

さらには、いつのものか分からないぐらい古くて日に焼けた招き猫が、書棚の天板から見下ろすように置かれ、どこにいても目が合う気がする。後ろの壁にはご当地タペストリーがべたべた貼られ、店内奥にはねずみ色の巨大な事務机が置かれていた。

男は、どこからか持ってきた救急箱をその机の上にドンと置いて、蓋をパカリと全開にした。中から色々取り出しつつ、呆れたような声を出す。

「無抵抗な奴によくもまあ」

「え」

「傷見たらな、大体わかんだよ。さて、少し沁みるぞ」

奏斗の両腕の前面には、防御創と呼ばれるものがあった。受けた攻撃に対して、腕で体を庇った証拠だ。脇腹にも青痣があり、少し触られただけでも痛みで身体が跳ねてしまう。

「イッ」

消毒液を含ませたガーゼで口角を拭かれ、奏斗は短い悲鳴を上げた。

「よーし。よく耐えたな。折れちゃあいないみたいだ。湿布で治んだろ」

その言葉に、奏斗は目を見開く。

「バカだなとか、警察とか病院行けとか言わないんですか」

「言わね。ひとりで公園にいるぐらいだ。耐えなきゃなんねえ事情があんだろ」

「……っぐ」

心配された。手当された。——理解された。

そのひとつひとつが、心に沁（し）みていく。奏斗にとって、じわじわと胸の奥と目頭から何かが込みあげてくるような感覚は、初めてのことだった。

奏斗が下唇を噛みしめて、あふれそうな何かを必死に堪（こら）えていると、男が柔らかな声で問う。

「腹。減ってるか？」

不思議と、奏斗はまた素直に頷いてしまう。

「ちょうど七時過ぎたし、行くか」

「え、どこへ……」

「俺の行きつけ。モーニングが始まる時間だ。その前に、ダイキチ送っていくわな」

「ワン！」

足元の犬が、返事をするかのように小さく吠える。

「こいつの朝の散歩は、俺の仕事。ここは便利屋なんだ」

照れたように笑いながら、男はデニムの後ろポケットからしわくちゃのカードのようなものを取り出して、奏斗に向かって差し出した。青い文字で『便利屋ブルーヘブン』と書いてあり、裏には住所と電話番号と『なんでもお手伝い！』のキャッチコピー。

「べんりや……」

「そ。そいや名前聞いてなかったな。俺は天だ」

「天、さん。俺は奏斗、ていいます」

「カナト。好き嫌いあるか？」

「えっと、ないっす……」

「そりゃよかった」

天と名乗った男は、歯を見せて笑いながらガラス扉に向かって歩き出す。奏斗は、自分の意志で立ち上がって、足を踏み出した。

ダイキチを家まで送った後、天に連れられた奏斗がやってきたのは『ねこしょカフェ』という猫と古書が楽しめるカフェだった。

便利屋ブルーヘブンと同じ商店街にあり、店から徒歩二分。

サンドイッチとカフェオレの絶品なモーニングが、税込み九百五十円也。ダイキチの散歩代は千円らしく、レジで払ったおつりの五十円は『捨て猫の里親団体支援募金箱』にチャリン、がいつものお約束なんだと、天は笑った。

奏斗は促されて中に入り、店内を眺める。

内装は濃い茶色の下地に草花模様の壁紙と、下半分は木の板が打ち付けられているレトロな雰囲気だ。壁にはところどころ棚板が付けられているが、上には何も載っていない。

天井からはいくつものペンダントライトがぶら下がっており、奥まったスペースの壁には天井までの本棚が据え付けられていて、中にはずらりと本が並んでいた。

腰高の木の枠でエリア分けがされていて、店の入り口側は木の椅子、奥側は濃い赤色のふかふかしていそうなソファが置かれており、雰囲気がまるで違った。

壁付のライトを逆さまになったチューリップみたいだと奏斗が思っていると、肩に銀色で短い毛並みの猫を乗せた女性が、呆れた表情を顔に浮かべながら近づいてくる。

「天。あんたってやつはまた」

「言うなよ、おたま」

天におたまと呼ばれたその女性は、金色の細いチェーンつき眼鏡をかけたマダムといった雰囲気で、華やかな柄のワンピースを着ている。彼女は天の肩越しに、奏斗へ無遠慮な言葉を投げかけた。

「ものすごい陰の気だねえ。名前は？」

問われた奏斗は、間に天を挟んでいるにもかかわらず、その迫力で思わず一歩後ずさる。

「か、奏斗、です」

「カナトね。あたしは環。おたまさんでいいよ」

予想外に優しい声音に、奏斗はあからさまにホッとしてから首を傾げた。

「おたまさん……あの、いんのきってなんすか？」

口を開きかけた環を、天が体ごと遮る。

「いいから気にすんな。カナト、コーヒー飲めるか？」

「飲めないっす……」

すると店員と思われる青年が、腰をかがめてテーブルを拭きつつ、奏斗へ顔を向けた。

白いポロシャツの上に、胸まであるタイプの黒いエプロンを着けていて、少し伸びた薄茶色の髪の毛は襟足が跳ねている。拭き終えたダスターを手慣れた手つきで畳みながら、彼はよいしょと上体を起こし、優しい笑顔で奏斗に問いかけた。

「奏斗くん。オレンジジュースならどうですか？」

「えと……あの、俺、金が……」

途端に表情が暗くなる奏斗に、環は大きく眉尻を下げた。

「カナト。あたしゃここのオーナーだ。そのあたしがあんたの怪我、見舞ってやる。光晴、好きなの出してやんな」

「はい！　さ、奏斗くん。遠慮せずこちらへどうぞ」

恐縮する奏斗をテーブルへと促しながら、光晴は「僕は光る晴れと書いて光晴って名前なんだけどね。天さんがミツハルって読み間違えたまま『みっちー』って呼ぶから、それが定着しちゃってるんだ」と軽やかに話す。

おかげで奏斗の緊張は解けていき、素直に椅子へ腰かけることができた。

「さんきゅー、みっちー。おたま、ごちそうさん」

「天！　あんたの分は違うよ！」

「けちー！」

「少しお待ちくださいね。すぐに持ってきます」

環から光晴の肩に飛び移った銀色の猫が、琥珀色の瞳で天をじい、と見つめていた。

「そう睨むなってシオン。こっちに迷惑はかけねえよ」

「んなあん」

シオンと呼ばれた猫は、明らかに「どうだか」と言うように鳴く。びん！　と立つ尾は二本あった。

「あーこわこわ。猫又怖い」

テーブル上にあるラミネートされたメニューをぺらりと見た天が、今日はハムレタスサンドか、と独り言のように言う。

「ねこ……また……？」

奏斗はそれを聞いて首を捻る。そのままぼんやりと店内を見ていると、光晴が銀のトレイに載せた食事を持ってきた。

目の前に出された皿を、まじまじと見つめる。

白いパンに、瑞々しい緑色のレタスと、ピンク色のハムが挟まれている。背の高いグラスには、キラキラと氷が光るオレンジの液体がなみなみと注がれていて、細くて白いストローが挿さっていた。

まともな食事は何日ぶりなのかすら、思い出すことすらできず、食べる前からごきゅり、と奏斗の喉仏は大きく上下した。

「お代わりは、俺がおごってやるよ。うまいぜえ？　好きなだけ食え食え」

最初は遠慮していたものの、天が勝手に次々と皿を持ってこさせるので、奏斗はついに一口食べた。食べたら、じゅわりとあふれ出るマヨネーズの旨味が唾液を誘い、ごくりと呑み込んでからは、必死で堪えていた何かが決壊した。

涙が流れて、鼻水も流れて、塩辛いのは自分の体から出た液体なのかハムなのか、分からないまま夢中でパンにかじりつく。オレンジジュースをストローで吸い込むことすら、渇きを満たすのには物足りなくなって、お代わりからはグラスに直接口を付けた。胃の中が満たされていくと、ようやく心も満たされた気分になった。

奏斗の涙が止まったころには、天は三杯目のコーヒーカップを空にしていた。

「あの……ごちそうさまでした……」

「おごりがいがあったねえ。また来な」

「またね、奏斗くん！」

「んなおん」

おたまと光晴、光晴の肩に乗ったシオンに見送られ、奏斗がねこしょカフェを出ると、途端に現実へ引き戻された気分になった。

おそらく今は朝八時すぎぐらいで、まだ商店街の開く時間ではない。これからどうしよう、と不安になったところで、天が八重歯を見せながらけろりと言う。

「食ったら、眠くなんだろ。店の奥に布団敷いてやるから、遠慮せず寝ていけ。な」

昭和臭漂う店構えなのに、ブルーヘブンというこじゃれた名前の、便利屋の奥。長暖簾(ながのれん)の向こうの小さな和室は、普段は休憩場所として使っているようだ。折り畳み式テーブルに、座布団。壁際の棚の上に、小さなテレビもある。

畳の匂いと、薄い敷布団。柔軟剤の匂いがする、清潔なタオルケット。枕はなくて、座布団にバスタオルを巻く。

　そこで奏斗は、泥のように眠った。

◇

　便利屋ブルーヘブンの奥の小部屋で寝かされていた奏斗は、もそりと起き上がって戸口に掛けられていた長暖簾（ながのれん）を片手でぺろりとめくり、そのまま固まった。

　事務机に座っている天が、虚空（こくう）と話をしているのが目に入ったからだ。よく見ると何もないわけではなく、はっきりとは見えないが、おぼろげな存在があった。

「――このご時世仕方ねぇけどよ。道祖神（どうそじん）なんて単語すら、忘れられちまってるしな」

　うんうん、と赤い頭が何度か頷く。独り言でも、通話でもない。奏斗には、天がそこにいる何かと話をしていることだけは分かるものの、その何かが何なのかは分からない。

「かといってお前さんの力が失われたら、またあの三叉路（さんさろ）の事故、増えるしなぁ。おたまから、商店街の寄り合いでお稲荷（いなり）さんとこだけじゃなくて、あんたんとこもついでに参るように言ってもらうか。なぁに礼はいらね。これも徳の一環だ。ハハ。ん？」

話を聞いていてもいいものだろうか、と奏斗が躊躇っていると、天が振り返る。と同時に、何かの気配も消えた。

壁に掛けられた時計の文字盤を見上げると、午後四時すぎ。あれから半日近く寝た計算になる。時間の経過もさることながら、奏斗は今見たものへの驚きを隠せずに、聞いた。

「……天さんて、何者？　今のなんなんすか」

寝ぐせの目立つ大木のような奏斗は、頭が働かないまま言った後で、ハッと我に返る。

「っすんません……」

「はは。いい、いい。やっぱ見えるか～」

「え？」

天は歯を見せるようにして豪快に笑った後で「んん！」と伸びをする。

それからゴキゴキ首を捻り肩を揉みながら、なんでもないかのように言った。

「俺は、天狗だ」

寝起きの奏斗は、聞き慣れない単語をうまく呑み込めなかった。

「てん……ぐ？」

「てんぐ。天狗の天」

天狗というと、有名な妖怪のことしか思い浮かばない。

「えっと……赤い顔の……鼻が長くて、強い妖怪のことすか？」

「おうよ。よく知ってんな。さっきのはな、近所に住んでる道祖神（どうそじん）っていう土地の守り神みたいなもん」

「天狗が、便利屋？」

奏斗にとっては、道祖神（どうそじん）うんぬんよりも、そちらのほうが気になった。物語が事実ならば、天狗は最強の妖怪である。商売をやる必要などないように思ったからだ。

天は、奏斗のその考えを悟ったからか、ぼりぼりと後頭部をかきながら問いに答えた。

「俺が天狗としての力を使うには、徳を積まなきゃならねえのさ。徳って分かるか？良いことしたら貯まってくやつな。だから便利屋ってのは都合がいい」

奏斗は頭の中で、格闘ゲームで技を使うために貯めておくゲージのようなものか、と想像した。天狗のグラフィックの下で、赤く満タンになったゲージが明滅している。最後にプレイしたのは、いつだったたか。

「はあ。なんとなく、分かったような。あの……聞いた俺が言うのもなんなんすけど」

「嘘だと思うか？」

「いいえ。もし俺が言いふらしたりとかしたら」

「はは！　んなもん、信じる奴なんかいねえさ。お前か俺が頭おかしい、ってことでおしまい。だろ？」

奏斗は納得したようなしないような顔で頷いてから、奥の小部屋と事務所とを隔てている三和土（たたき）の上に置かれていた、汚くて穴の開いたスニーカーに両足を入れ、大きな背を丸めて深く頭を下げた。

「天さん。色々、ありがとうございました」

「いんや。ただのおせっかいだし、それに……あー……」

言い淀（よど）む天の様子に、奏斗は頭を上げ直球で聞いた。

「それに、なんすか？」

「うん。信じるか信じねえかは任せるが。お前のそのデカさと勘の良さ、それから頑丈さは、鬼の血だ」

「え」

「まあ、鬼の血っていってもすげえ薄いからな。お前は人間だ。安心しろや」

また天は、八重歯を見せて笑う。なんでもねえぞ、と念を押されているようだ。

「俺が、鬼……」

「人間だっつってんだろ？」

「あ、いえ。ありがとうございます。そっか……なんか、答えが出たっていうか」

だが奏斗にとって、その情報はありがたかった。長年抱えていた胸のつかえが、すっと取れたような気分になる。

「ほう？」

「俺、自分で言うのもなんなんすけど……運動神経がやばくて。どんな部活の奴らにも、見よう見まねだけで勝っちゃうんすよ。走るのもサッカーもバスケも。すげえ気まずいし……気に食わないって呼び出されて、囲まれて殴られそうになっても、反撃したら逆に倒しちゃって。不良からは勧誘みたいなのされるし、先生には怒られるしで……結局あんま学校行ってないっす」

普通の人にそんな話をしたところで、「自慢か？」と反感を買うか、「何言ってんの？」とバカにされるかだろう。だが、天はきっとそんな風にはならない、と奏斗には妙な確信があった。そしてその勘は当たり、天が神妙な顔で頷いたのを見て、ホッとする。

「なるほどねえ」

「天さん。あの……」

奏斗は、「また来てもいいですか」と言いかけて躊躇（ためら）う。

もしかしたら迷惑かもしれないと思ったからだ。しかしそんな奏斗の気持ちを知ってか知らずか、天は奏斗をじっと見て、口を開いた。

「おう。遠慮すんな。またいつでも来いや」

にか、と笑う店主に奏斗は、再び深く頭を下げた。


また来るつもりなどなくても、その言葉だけで嬉しい——そう思っていた奏斗だったが、それから一週間もしないうちに、再び便利屋へやって来ざるをえなかった。

やってきた、というよりは、シャッター前で力尽きていたのだが。

「おおい、ま〜たこりゃ、ド派手にやられたなあ」

「す……ません」

早朝、店を開けるべく出てきた天に発見され、奥の和室に運び込まれた奏斗は、明らかに前回よりも酷い怪我を負っていた。

「さすがにアバラいってんぞ。病院行くか？」

日に日にエスカレートしていく行為に、奏斗は耐え続けていた。誰も巻き込みたくはないが、天が『天狗』であるのが本当なら、ここは大丈夫だろう。奏斗にとっては『便利屋ブルーヘブン』が、最後の砦だった。

「いいえ。どうせ、イッ！　くっつくまで、ハア。耐えるだけなんで」

「んなのに慣れるたぁ悲しいねえ。……三人……いや、四人か」

天は、一瞬ぎゅっと眉間にしわを寄せる。なぜ天が人数を把握しているのか奏斗は気になったが、今は痛みでそれどころではなかった。

天はすぐに元通りの人懐こい笑顔に戻ると、律儀に畳の上で正座して痛みに耐える奏斗へ足を崩すよう言う。

「なあカナト。お前が俺に何か頼むんなら、助けるぜぇ。それが便利屋ってもんだ」

「便利屋……」

奏斗の中の『便利屋』という概念は、薄い。なんとなく、掃除や引っ越しを手伝う人だろうか、というもので、人助けには結びついていなかった。

「頼まれたその時には、便利に動く。で、うちの店のモットーは『絶対断らない』だ」

「でも俺……金が……ないんです……」

促されて素直にTシャツを脱ぎ、上半身を晒した奏斗に、天はにやりと笑ってみせた。

「カナトには、その立派で頑丈な体があるじゃねえか」

「あ！」

天の意図に思い至った奏斗が見開いた目で天を見返すと、天はうんうんと大きく頷いた。

「俺の弟子にしてやるから、働いて返しゃいい。それぐらいの甲斐性はあるつもりだぜ？　この天さんはよ」

明るく言ってのけるが、その内容は奏斗にとって果てしなく重い。

自分には何もないと思っていたが、この体がある。実感はないが、奏斗にとって自分に新しい価値が芽生えたような瞬間だった。

本当だろうか、という疑いはぬぐえないが、もしこの体が役に立つなら、自分はまたここに来られる。奏斗は、うっすらとでもそう思えたことが、たまらなく嬉しかった。

そしてそんな気持ちを知ってか知らずか、天は念を押す。

「覚えとけな。さ、湿布貼るぞ〜」

「イッ！」

手当をしてもらった感謝を告げると、天は笑ってまた来いよと送り出してくれた。

奏斗はその言葉を胸に、重たい体を引きずって、家路を歩く。

ずっとここにいたいと思う気持ちを心の奥底へ押し込めるようにして、言うことを聞かない自分の足を、無理やり一歩一歩前に出す。

母を守れるのは自分だけだ、と言い聞かせながら。

　その後、奏斗はだらだらと街の片隅で時間を潰すように転々としていたが、デニムの後ろポケットがブーンと震えるのに気がついて立ち止まった。

　母親に渡されて渋々持っているスマホが鳴ることは、奏斗にとって憂鬱(ゆううつ)でしかない。液晶ディスプレイには細かいひび割れが走っているし、背面カバーも傷だらけだ。それでも着信することに、悪態をつきたくなる。無駄に頑丈なのが、自分みたいだからだ。

　着信を無視をすると余計に質(たち)が悪くなるので、出ざるを得ない。

『カナ〜。どこ？　今すぐ来いよ』

　スマホ越しに街の喧騒が聞こえる。ねっとりとしたイヤミな声質が、有無を言わさぬ圧を放っていた。それでも、少しの抵抗を試みる。

「今から、バイトなんす」

『あ？　お前来ないなら、かーちゃん殴るけど？』

　やはり盾に取られるか、と奏斗の口から絶望の息が漏れた。

「……どこっすか」

『いつもんとこ』

　呼び出されるのは、タクシーでワンメーターの距離の繁華街にある、打ち捨てられた雑居ビルのうちのひとつだ。

奏斗はいつもその場所で、一方的に痛めつけられる。昨日も呼び出されたのに、今日もか、と溜息が止まらない。しかも最近は、殴られるたびに殴り返したい衝動が湧き上がってしまい、痛みよりそちらを耐えるほうに苦労している。

もし自分に鬼の血が流れているとしたら——奏斗は絵本で読んだ『鬼』の強さを想像して、奥歯を噛みしめる。相手を痛めつけるのが怖いのではない。ただただ、見知らぬ自分の力が恐ろしいからだった。

雑居ビルにはいつも男女がたむろしている。名前は知らないし、知りたくもない。中は、むき出しのコンクリートに事務机や応接ソファが放置されており、それらを我が物顔で占拠するのは、母親の彼氏だという男が金を借りた、ややこしい連中だということだけ教えられた。つまり借金のカタに、奏斗は殴られているというわけだ。

(意味なんかない。ただの余興だ)

床に転がる奏斗を見て、嬌声をあげながら絡み合ったり、じゃれ合ったりするのが常。

奏斗の痛みは、借金になんら関係ない。単に彼らの興奮を煽るための前座でしかない。もしくはただの憂さ晴らし。頭では分かっていても、母を守りたい、その一心で今まで耐えてきた。

バイトは、とっくにクビになっている。奏斗のバイト代でなんとか払っていた家賃を滞納し続けたせいで、おんぼろアパートのゴミくずだらけの部屋は退室期限が迫っている。

顔面傷とアザだらけの人間を雇ってくれるところなんて、どこにもない。母親を置いて児童相談所や養護施設へ行く選択肢は、奏斗には考えられなかった。

あんなのでも母親だ。自分を産んで育てた人と離れる、という選択肢自体がない。どうすればいいのか、他の誰かに頼る発想も、ない。

もうすぐ、家もなくなる。

虚（むな）しさが奏斗の心を占め、俺は何のために生まれたのか、と漠然と思うだけの毎日を過ごしていた。

（この地獄は、いつ終わる？　死ぬまで終わらない？　死んだらいいのか？）

燃えるような赤色の太陽が、街を焼いているように見える。眩（まぶ）しさに顔を歪めながら、奏斗は呟く。

「俺の命も、焼いてくんないかな」

我ながら寒々しいな、と自分で自分の二の腕をさすりながら、歩く。

尻ポケットにスマホ。前ポケットに千円と小銭が少し。これが全財産だ。他には何もない。

「……やっぱり、地獄だ」

雑居ビルに入ると、くわえ煙草でソファに座っているリーダー格の男の首に、自分の母親が両腕を巻き付けてしなだれかかっていた。どうやら、彼氏からリーダーへ男を乗り換えたらしい。

大きく取られた窓から無遠慮に射し込む、繁華街のネオンに照らされ、妖艶な表情を浮かべる彼女は、何の感情も乗っていない虚ろな目で奏斗を見ている。トップスの肩ひもが落ちて乳房が半分以上見えているし、露出度の高いミニスカートからは肢体の奥がちらちら見える。

母ではなく『女』であるという主張を見せつけられた奏斗は、反吐が出そうになりながらも、頭の芯が冷えたのを感じた。やはりこいつの頭には、自分の子どものことなんてこれっぽっちもないのだ、と。

「おー、来たか～」

にやにやと笑う男は、奏斗を認めるや否や母親の首の後ろから腕を回し、左胸を大きく揉みしだき始めた。母親は嫌がるどころか、嬉しそうに受け入れている。周りの男どもも、ソファの背もたれにニヤつきながら腕をかけて――奏斗は、母親から目をそらし男だけを見た。

「そう睨むなよ～カナ。お前のかーちゃん、いい女だぜえ?」

奏斗の全身を、脱力感が襲う。

自分の今までは、なんだったのだ。自分を守って一方的に痛めつけられてきた息子よりも、なぜそっちを選ぶのだろうか。

母親を守ることで、いつかは母親が自分のことを大切に思ってくれると信じていた奏斗は、全身がすっと冷えていくのを感じた。

(俺のことは、いらない？)

とりあえず、母親のほうを見ないようにする。

「じゃあ、俺を殴る必要、もうないんじゃないですか」

かろうじて絞り出した声は、道端の雑草より軽く踏みにじられた。

「あ？　あの野郎の借金、まだあんだぜ」

あいつは他人だ。奏斗はそう言いかけたが、やめた。ニヤニヤヘラヘラと自分を見つめる彼らの頭の中には、弱者を痛めつけて楽しむことしかないと分かっているからだ。

話しても無駄で無意味なことだ、と対話すら諦めた奏斗の頭の中に、あの日公園で見た蟻地獄(ありじごく)が思い浮かぶ。

今の自分は、あの吸い込まれていく蟻(あり)と同じだ。

(でも、できるなら、ここから抜け出したかった。光の下で、生きてみたかった。母

親を守ることが、正義だと思っていた。愛されたくて、頑張ったのに）

穴の底に引きずり込まれるような絶望が、奏斗を襲う。

かろうじて顎を上げて、残りわずかな空気を吸うように、あえぐ。

『殺してしまえよ』

その時ふと、頭の中に、声が鳴り響いた。

甘く蕩（とろ）けるような、魅力的な低い男の声だ。

『なあ。そいつら殺したいだろう？　我慢することはない。鬼の欲は、強いんだ』

「だ、れだ……お、まえは……」

『ウクックック。素直になれ。おれは、お前の味方だよ。さあ解放しよう。お前は鬼なんだから』

「ちが……う……」

声に抗（あらが）い何度も首を横に振る奏斗を見た連中は、ゲラゲラと笑い始める。

「ぎゃはは！　ついにおかしくなったかぁ～？」

「よし、この俺様が正気に戻してやろうっ！」

「ぶは、お前、殴りたいだけだろ」

「いや～ん、ばれたぁ？」

にやついた男たちが、じりじりと奏斗に近寄る。恐怖に肩を震わせる相手の態度を楽しむために、わざともったいぶって。

それを見た奏斗は、腹の奥が疼いてたまらなくなる。今までなら、相手の意図通り恐怖が全身を襲っていただろう。

だが今は違う。獲物が、向こうからやってくるという歓喜だ。

『そうそう。自分を、解き放て。もう、いいんだよ』

体の芯から、湧き水のように様々な欲があふれだす。中でも最も強いのが、「暴れたい」だ。奏斗の口角からダラダラと唾液が流れ出した。

「うわ、きったね！」

「何こいつ、キメちゃってんの？」

「うは～！」

『そうだよ。もう、我慢しなくていいのさぁ』

（そうだ。我慢し続けた。母ちゃんは俺なんかどうでもいいんだ。もういいだろう。耐えなくていい。思う通りに――）

奏斗は欲に負けそうになる。しかしその時、脳裏を稲妻のように駆け抜けていく言葉があった。

『お前が俺に何か頼むんなら、助けるぜぇ。それが便利屋ってもんだ』

そうか、どうせ最後だ。言うだけなら許されるだろうか。そう思い、奏斗は天井の割れた蛍光灯を仰ぎ見ながら、ようやく呟いてみる。

身からあふれ出るこのとめどない欲こそが、何よりも恐ろしい。自分が自分でなくなる前に、どうか。

「……天、さん……助けて……」

一瞬、窓の外のネオンが消える。

「やーっと、言ったなあ」

暗転から回復するや、目の前に現れたのは、燃えるような真っ赤な髪に、口角からのぞく八重歯。その顔も赤く塗られたように真っ赤で、異様に長い鼻とぎょろりとした鋭いまなざしを持つ、巨体だった。

「え」

「な、なんだ」

「何……」

雑居ビルに突如として現れたその怪異は、右手に羽団扇(はうちわ)と呼ばれるヤツデの形をしたものを持ち、体の前で両腕を組んでいる。

服装は白Tシャツとデニムに高下駄だが、なぜかしっくりきていた。見た目が変わっていても、奏斗にはすぐに分かる。

「天……さん……！」

「よお。残念だったなぁ」

「……はい」

「しょうがねえよ。世界は狭いし、目の前の欲には流されるもんだ」

もしや何もかも見透かしていて、それでも黙ってくれていたのか、と奏斗は目を伏せる。じわりと浮かんできた涙が思いのほか熱くて、自分は生きているのだなと妙に実感してしまった。

「なんだよ！　こいつ！」

「バケモノ！」

慌てる連中を見回して、くくく、と天はおかしそうに肩を揺らす。

「お前らのほうがよっぽどバケモノだぁ。そんなに欲ばっかり喰らって、その先に何があるんだ？　ま、知りたくもねえけどよ。ただ、カナトを殴った分はきっちり返してもらうぜえ」

「な、な、なんだろうが関係ねえっ！　やっちまえよ！」

リーダー格の男が、動揺しつつも唾液を撒き散らしながら叫ぶ。ところが、仲間たちは動けない。目の前の怪異を受け入れられない、とでも言うようにそれぞれ激しく頭を横に振っている。

「おい！　やれって言ってんだろ！」

「……な、なんなんだよこいつ」

「は？」

「こええ！」

「な……」

「俺は知らねえ！」

「俺もだ！」

そんな風に言い捨てて、この場を去るために連中は散り散りに走り出そうとする。

「だぁめぇ～」

だが、天が朗々と発する声を聞くと、彼らはなぜか動きを止めた。のほほんと発する低い声のほうが、空恐ろしいのはなぜだろう、と奏斗の身震いは止まらない。

「俺の大事な弟子を、傷つけた奴らはぁ～～～」

天は組んでいた腕をほどいて、羽団扇（はうちわ）で大きく一度だけあおいだ。

「お・し・お・きぃ～～～～！」

たちまち、ぶわり、と生暖かい風が起こり、その場に黒い大量の粘液のようなモノがねろねろと生まれる。それは、おろろろ、おろろろ、と声を出して、鈍く動き、そのたびにねちょり、ねちょり、と音がする。

あきらかに、生きていると分かる代物（しろもの）だ。

「ぎゃあああ！」

「なんだ、これえええええ！」

パニック状態になり右往左往する連中は、なぜかこの場所から出られない。窓は開かず、どれだけ叩こうが扉も壁もびくともしない。もちろん、助けが来る気配もない。

しばらく逃げ惑った後で彼らはそのことにようやく気づき、コンクリートがむき出しになっている床に膝や尻もちを突いて、泣き喚き始めた。

奏斗はそれを冷ややかな気持ちで眺めていた。あれほど暴れたい、と思っていた欲は不思議と収まって、体の奥のほうに鳴りを潜めている。

「このあやかしは、お前らが生んだ代物(しろもの)だぜえ。俺は返してるだけだ」

天はこの場にいる人間たちを冷ややかに見つめてから、奏斗の母親へ首を巡らせる。

「おい、母親失格のお前。カナトは俺がもらってくぜ？　いいよな」

天狗に睨まれた女は、恐怖のあまりぶるぶると震える体を抑えようともせず、叫ぶ。

「おおおおまえなんか、最初っからいらなかった！」

「かーちゃん、俺は！」

「こっちへ来るな！　あんたなんか！　生まれた時から、気味悪かった！」

「でも、俺は母ちゃんの息子で、人間だ！」

「違う！　ば、ば、ばけもの！　ばけものなんか！　いらないっ！　いらなかった！

あんたなんか！　産みたくなかったあああうあああああ」

白目を剥きながら拒絶したのを目の前にし、言われた本人である奏斗は呆然と立ち尽くした。あれほど懸命に守ってきた存在に、あっという間に捨てられたということが確定したからだ。

薄っすらと思い続けてきた、この人にとって自分は不要な存在なのではないか、という疑問が確信に変わった瞬間、奏斗を襲ったのは悲しさよりも、諦めだった。

天は悲しげに眉根を寄せると、身体の前でいくつか指印を結んでから、手刀で空を切る仕草をした。

「……かーちゃん……」

それでも、信じたくはない。奏斗は自然と、ふらりふらりと母親へ向かって足を踏み出す。

「カナトッ！　下がれっ」

「かーちゃん！　かーちゃんっ！」

「巻き込まれるぞ！」

ついに母親へ走り寄ろうとする奏斗の二の腕を、天が背後から掴んで止める。ジタバタ暴れるが、奏斗では天狗の力に到底抗えない。徐々に力が抜けていく奏斗は、とうとう地面に片膝を突いて泣き叫ぶしかできなくなった。

「あああああーーーーー！」

　その間にも、飛び散るドロドロの黒い粘液がそれぞれに分かれて、全員に容赦なく覆いかぶさっていく——もちろん、奏斗の母親にもだ。

「ああ……」

「ありゃあ、因果だ。自分の行いは、自分に還ってくる決まりだ」

「っ、因果なら！　バケモノだっていう、俺がっ！」

「カナト。何度でも言うが。お前は、人間だよ」

だか奏斗の頭上から降ってくるのは、意に反して冷たく優しい天の言葉だった。

天の止める力に抗い続けた奏斗がついに気力を失い、意識を手放す直前。

「あ～わりぃ、レンカ。想像以上だったわ。徳、残り少ねぇ。あと頼む」

（徳？　ああ、便利屋でいいこととして貯めるって言ってたっけな……）

「はあ。仕方ないな」

　凜とした女性の声が、聞こえた気がした。

◇

　目が覚めると、カーテンの隙間から差し込むやわらかな日差しが、奏斗の手首を暖めていた。寝た姿勢のまま手首をさすってみる。暖かい。

しゅたん、と軽やかに襖(ふすま)の開く音がして、顔をのぞかせたのは作務衣(さむえ)姿の天だ。

「起きたか？　おはよう」

「あ……ざいます……」

掛け布団をめくって体を起こした奏斗は周りを見回すが、見覚えのない部屋で少し戸惑う。

窓には濃い青色のシンプルな遮光カーテン。畳の上の布団、小さな本棚とポールハンガー。全て初めて見るものだ。

ここはどこだろう、と疑問に思っていると、天が頭上からポンと答えを投げた。

「安心しろ、俺の家だ。便利屋の二階」

「は……い……あの、かーちゃん！　……母、は……？」

「自分の体より、あいつのことか。カナトらしいな」

ほれ、と天が無造作に放り投げてきたのは、テレビのリモコンだった。

顎で指された方向を振り返ってみると、棚の上に小さな液晶テレビが乗っている。手にしたリモコンで電源を入れると、たちまち朝のワイドショー番組が流れ始めた。

左上の時刻は、朝の七時三十分を示している。

『こちらが現場となった、雑居ビルです。倒れていた七名は命に別状はないとのことですが、錯乱状態で病院に搬送されており、何かしらの薬の影響ではと……』

『供述が支離滅裂で、真相解明には時間がかかるとのことです……』

『以前から廃墟の無断使用が問題となっており、治安維持のためにも警察の巡回を強める検討を……』

リポーターが一方的に垂れ流す情報を聞きながら、奏斗はぽつりとこぼした。

「命に、別状はない？」

天は、布団の上にあぐらをかいた奏斗の横にどっかりと腰を下ろすと、一緒にテレビを眺めた。

「おお。ただ自分たちがやってきたことを、そのまま返しただけだからな。あやかしに一生心を喰らわれる……それだけさ。落ち着いたら、見舞いにでも行くか？　もうしゃべれないけどな」

金と欲にまみれた人間たちの中から抜け出るためには、相当な力がいるのかもしれない。奏斗には天がいたが、もしもあのままだったなら。

公園で見た蟻地獄（ありじごく）を思い返して、奏斗はぶるぶると頭を横に振る。

自分は、捨てられた。相手は、死ななかった。今は、それだけ分かっていればいい。

そう思い込まないと、また蟻地獄に引きずり込まれる、と無理やりにでも前を向こうと決めた。

決意の後は、すがるしかない。奏斗はぎゅっと拳を握ってから、声を発した。

「天さん」

「ん？」

「俺、たぶんアパート追い出されます」

「おぉ」

「バイトも、クビになりました」

「うわぉ」

奏斗は体ごと天に向き直り、敷布団から降りるなり正座になって、頭を床につけた。いわゆる土下座である。

「体で返します。俺……役に立ってみせます！　住み込みで、働かせてください！」

すると、決死の覚悟で震える奏斗の頭上に、のほほんとした天の声が降ってきた。

「……いいぜぇ。今日からこの部屋、やるよ」

それを聞いて勢いよく頭を上げた奏斗に向かって、天は八重歯を見せ、目を細める。

そして、体の前に両腕を組んでから、オホンとのけぞった。

「その代わりだな。条件がふたつある！」

条件とはなんだろうか、と身構えた奏斗は、背筋をピンと伸ばした。

「こき使うぜぇ」

「もちろんです」

「あと、最低でも高校は出ろ。ほらよっ」

天は小さな本棚の棚板へ手を伸ばしてから、奏斗に向かって何かをばさりと雑に投げる。それは、通信制高校のパンフレットだった。

（なぜそんなものがここに？　もしかして、最初から自分を受け入れるつもりだったのか？）

じわりじわりと、奏斗の胸から熱いものが込みあがってくる。呑み込まなければ、きっと目から出てきてしまう、と奏斗は何度も何度もごくりと喉を鳴らして堪える。

その様子を見て、天は微笑み、話を続けた。

「天さんはなぁ、こう見えて大天狗なわけよ。だ・い・て・ん・ぐ。知らんでいいけど、そりゃあもう、めっちゃくちゃえらい大妖怪なんだぜぇ？　だから、人間には優しくするって決めてんだ。お前も他の困ってる奴見つけたら、優しくしてやれ。な」

「っ、それ、みっつめです」

涙を呑み込むために、皮肉を吐き出した奏斗の頭を、天はべしっとはたく。

「かっわいくねえなあ〜〜〜！」

「ふは」

奏斗はようやく力を抜いて笑うことができた。その笑顔を見て、天は肩の力を抜いた。

「んじゃ〜、ダイキチの散歩行ってから、飯食いに行こうぜ」

「ねこしょカフェですか」

立ち上がる天に素直に従うように、土下座の姿勢からすくっと立ち上がった奏斗を見て、天は微笑む。

「お？　嬉しそうだねえ。気に入ったか」

「はい……飯、うまいし。猫、可愛いです」

「いいねいいねえ。そうやって、思ったことはどんどん声に出していけ」

――奴と違って、おまえは人間なんだ。

「天さん、何か言いました？」

「なんでもねえ。そいやお前、着替えもねえな？」

言われて、はたと気づき、奏斗は自分の体を見下ろす。今の彼が身に着けているのは、ボロボロのTシャツと、下着だけだった。

奏斗は眉尻を下げて、天に返答した。

「……ないっす」

「とりあえず俺の貸してやっから、まず風呂入れ。飯食ったら、商店街にある俺の行きつけの古着屋に連れてってやる。ちゃあんと、このサイズもあんだよ」

天が親指で自身の胸を指す。なぜかドヤ顔で。

「あ、柄は選べねぇけどな」

「バレたか。だってよぉ～パイナップル柄シャツとか、着てらんねぇよ～」

がしがしと後頭部をかく天の態度が気安いあまり、奏斗は遠慮なくつっこんだ。

「パイナッ……プル……ぶふっ」

「バナナもあるぜぇ」

「バナナ！　ぶははは！」

「ふたりで着るかあ⁉」

「それは嫌っす」

しまった、失礼だったかな、と奏斗は天の様子を窺う。しかし天の口元にはまた八重歯がきらりと見えていて、奏斗は天が自身を受け入れてくれていることに、心底ホッとする。

そんな奏斗のおでこを、天は軽くぴん、と指ではじき、悪態をついた。

「あんだよ～つめてえな～！　っこらせ」

風呂はこっちだ、と案内に立った天の背中を追いかけ、奏斗は廊下へ一歩出ながら部屋を振り返る。

「俺の……部屋……」

自分は、生みの母親にさえ捨てられた、いらない子だ。何も持っていないどころか、鬼の血を引いていて、とてつもなく厄介だ。生きていても価値はないかもしれない。

それでも天は、この部屋をくれると言ってくれた。

人生で初めて居場所ができた喜びが、じわじわと込みあげてくる。

（ここに、いたい）

奏斗は、強く強く、そう願った。

第二章　花は誘う

都心から某沿線で約三十分の駅近にある、ノスタルジックなアーケード商店街。

そこに店を構えている小さな『便利屋ブルーヘブン』に奏斗がやってきてから三年以上が経った。

天に言われた通り通信制高校で高卒資格を取っただけでなく、いつか便利屋の経営に役立てたいと有名私大の経営学部を志望し、見事現役合格。

勉強の傍ら、居酒屋バイトと便利屋の手伝いを並行していた。


ようやく大学生活にも慣れてきた六月は、じめじめとした雨が続いていたが、今日は、梅雨晴れだった。土曜日で大学が休みの奏斗は、便利屋ブルーヘブンの制服である青いつなぎに身を包み、天とともに商店街から徒歩十分程度の場所にあるアパートを訪れていた。

二階の一番奥にある部屋の玄関先で、天は気安くにかっと八重歯を見せて笑った。

「晴れてよかったですねぇ」

「はい。よろしくお願いします！」

相手は、ぺこりと頭を下げる。奏斗も、相手に合わせて頭を下げた。

一人暮らしだという会社員の女性は、二十代半ばぐらいでおっとりした印象だ。部屋の模様替えのため、大型家具の移動を手伝ってほしいという依頼だ。

「ふたりとも、本当におっきいですねえ」

依頼主の女性は、天と奏斗を部屋へ招き入れながらニコニコとふたりを見上げる。

奏斗の身長は百八十二センチになっていた。側頭部を刈り上げ、金色に染めた髪の毛を後頭部で団子状に結ったマンバンヘアで、両耳には軟骨の上側に至るまでピアスが並ぶという、なかなか厳つい見た目である。

一方の天も赤い長髪を後ろで束ね、首や腕にはタトゥー入りで身長百九十二センチ。そんなふたりがアパートの部屋の中で、所狭しとつなぎ姿で作業するのは、迫力があった。

「あ。俺、お隣さんに挨拶してきます」

奏斗は、物音で迷惑をかけるからと、挨拶で渡す粗品用タオルを持ってきていた。これは、地域密着型である『便利屋ブルーヘブン』のやり方で、粗品と書かれたのし紙の裏には、便利屋の屋号と住所、電話番号が書かれている。

奏斗は隣室へ行きチャイムを鳴らすが、反応はない。土曜日の朝十時だし、寝ているか出かけているのだろうか、と奏斗は念のためもう一度だけチャイムを鳴らす。

「……女性の一人暮らしだったら、いても出ないか」

金髪やピアスももちろんだが、奏斗は目つきが悪い。自分でも見た目が厳ついのは自覚している。

奏斗はつなぎの胸ポケットに入れてある付箋紙とサインペンを取り出して、「隣で作業します。物音でご迷惑をおかけします」と走り書きをすると、表面に貼り付け、タオルを郵便受けに入れた。

依頼主の部屋に戻ると、天が床に古毛布を敷いて養生しているところだった。奏斗は、依頼主へ早速尋ねる。

「ざっくり、希望のレイアウト教えてもらっていいすか」

「えっと、ベッドをこっちにしたくって！　あとドレッサーをこっちで、テレビをこっちに移動して……」

「了解っす」

奏斗は頭の中で色々計算する。限られたスペースで、どの家具を最初に動かすべきか、は結構重要だ。

「あ、中身出したほうがいいですか⁉　重いですよね⁉」

今気づいた、とばかりに焦る女性に対しては、天が笑って返事をした。

「だいじょーぶ！　こいつ、すんげえ力持ちだから。引き出し飛び出ないようにだけ、ふさがせてもらうぜえ」

天はそう言って、持ってきた大判のタオルとガムテープを使って家具をぐるぐる巻きにする。その様子を女性は不思議そうに眺めていたが、奏斗がその養生が終わったドレッサーやタンスを文字通りヒョイヒョイひとりで持ち上げるなり、目をまん丸に見開いた。

なぜかドヤ顔をしているのは、天のほうだ。

「すっご！」

「だろぉ？」

「はは。お役に立てて嬉しいっす」

この尋常じゃない怪力は、奏斗に流れているという『鬼の血』がもたらしたものだ。

十五歳で引き取られたあと、成長するにつれ現れ始めた未知の力に対する恐怖で、奏斗は一時期パニックに陥った。普段は問題ないものの、感情が昂ると怪力をうまくコントロールできず物を壊してしまうことがあったのだ。

『天さん……俺、こんな……迷惑かける……！』

『んなもん、迷惑でもなんでもねえよ。おめえは人より力が強いだけだ。気をつけりゃぁ済む話だぞ。それに、こき使うって言っただろう？　むしろその力は、便利屋の役に立つぜぇ。俺の徳を積むのを手伝え！』

　天は壊れた家具を前に、怒るどころか八重歯を出して笑う。

『天さんが徳を積んだら、どうなるんすか？』

『すんげぇ力が使えるし、強くなる。つまりカナトのおかげで金が稼げて、この俺様も無敵になるってわけよ。どうだ、やる気出たか？』

『……っはい』

　便利屋はもちろんのこと、大天狗のためという役割を得たことで、奏斗は力とうまく付き合えるようになり、現在に至る。多少力持ち、の度合いをはるかに超えても、保護者である天の役に立てる、と思えることで、奏斗の心は平穏を保っていた。

　終始和やかな雰囲気で模様替えの仕事を終え、ふたりは依頼主の部屋を出て挨拶を済ませる。ちょうどその時、隣室の扉が開いた。

「あ、の！」

　奏斗と同い年ぐらいだろうか。黒ぶち眼鏡で少しぽっちゃりした体型の女性が立っている。彼女は奏斗と目が合うなり、慌てて会釈した。黒い髪は肩ぐらいまでの長さで、きっと誰もが「真面目そうな人」と形容するに違いない。

「どうも！」

　先を歩いていた天が振り返って、持ち前の人懐っこい笑顔で挨拶をし、奏斗も軽く頭を下げながら言う。

「すみません。作業終わりましたので」

「はい、あのっ……ご丁寧にタオルありがとうございました」

「いえいえ」

わざわざ礼を言いに出てきてくれたのか、と奏斗は眉尻を下げる。

居留守など気にならないどころか、むしろ女性の一人暮らしならそのぐらい警戒したほうがいい。でもタオルを受け取ってくれてよかった、と奏斗は内心ホッとする。最近は「いらない」と突っぱねられることもあり、仕方ない反面、寂しいと思っていたからだ。

同時に、彼女の雰囲気に既視感を持った。どこかで会ったことがあるどころか、懐かしさすら感じたのだ。

彼女も似たようなことを思ったのか、不思議そうに首をかしげた後でハッと我に返り、「では、失礼します」と扉を閉めてしまった。

「んん？」

この感覚はなんだろう、と奏斗は足を止めて物思いにふける。すると、外階段を降りかけていた天が振り返り、呼んだ。

「……カナト。行くぞ」

「あ、はい」

　少しだけ天のまとう空気が尖っているような気がして、奏斗は天を小走りで追いかけながら「天さん？」と声をかける。

「ん……力使って、腹減っただろ！　昼飯、何食う？」

　奏斗は鬼の力を使うと、カロリーも消費するのか、急激に腹が減る。力を使いすぎると、腹も減りすぎて動けなくなることも、経験で分かっている。

　今の腹具合はどうかな、と思った瞬間、ぎゅるるるる、と奏斗の腹の音が盛大に辺りに響き渡った。

　天は爆笑し、「じゃあ行くか！」とだけ言って、歩き始めてしまう。

　結局、奏斗が感じた天の雰囲気についてはそれ以上聞けず、うやむやになってしまった。

◇

　週明けの月曜日。大学へ来た奏斗は、講義室の定位置に腰を下ろした。

　奏斗は身長が高いことを気にして、階段状の造りの大講義室で講義がある時は、一番後ろの席に座るようにしている。ちなみにその周りには、誰も座ろうとしない。金髪ツーブロックにピアスという目つきの悪い強面が、黒マスクまでつけているのだから、避けられて当然だろう。

奏斗自身、友人を作る気が全くないので、このファッションを貫いている。

そうして常にひとりでいる奏斗が、教授が登壇するまでの時間、会話を交わす学生たちを何気なく眺めていると、違和感に気づいた。

（あれ……なんだ？）

妙な気配、という形容が正しいのか分からないぐらいの、講義室内を漂う微妙な何か。おまけに、心がざわざわと不快になるような感覚には、覚えがあった。

（あやかしに、似てる……？）

天狗である天が便利屋の仕事として請け負っている依頼の中には、当然人間だけでなく人ではないものが絡んだものもある。とはいっても妖怪退治のような物騒なものではなく、変わったことが起きたり聞こえたりする原因を探る、といった類のものだ。

最初のうちこそ奏斗は、なんとなく人外がそこにいる、くらいしか分からなかったが、経験を積むことでかなり見えるようになってきていた。

『妖怪』は天狗や鬼など、その種に名前がある。一方で、名を持たない存在を総じて、天は『あやかし』と呼んでいた。

気配を追っていくうちに、先日居留守を使っていた女性の姿を見つけ、驚いた。奏斗はよく見ようと目を細めるが、前方の廊下側入り口付近にひとりで座る彼女には、なぜか焦点が合わない。目をぎゅっと瞑ってから再度見ても、手の甲でゴシゴシと瞼をこすってみても、シルエットがぶれているような気がする。

（……姿が二重に見える？）

ところが奏斗の思考は、近くの席に座っている女子学生たちのおしゃべりによって、邪魔された。

「うーわ。むかつく。あの子また颯としゃべってるし。てか、なんか断ってる？　何様？」

「え、なになに？」

「ほら、あそこ」

「ああ～」

「全然釣り合わないくせにさぁ」

「てか今、颯のファンの子たち、やばいってまじ？　倒れたりとかおかしくなったりしてるって噂じゃん。だからモデルも休んでるんでしょ？」

「そんなのたまたま具合悪かっただけじゃない？　あたしは全然平気だし。モデル休んでても大学で見れて幸せ～。颯こっち来ないかな～いい匂いすんの。嗅ぎたい～」

「あは、変態」

颯というのは、奏斗が見ていた女性の前に立って話しかけている、男子学生のことだ。仕草で判断するに、隣に座っていいか聞いて、断られたようだ。

彼が何かの雑誌で読者モデルをしていることは、大学内でもかなり有名で、奏斗も知っていた。講義で彼を見かけるたびに女子学生に囲まれているのはなぜだろう、という興味からそのことを知ったのだが、読者モデルというのはそれほどまでに人気を集めるものなのか、と感心した覚えがある。

(誰が誰と何しようが、自由だろ。釣り合うってなんだよ)

女子学生の発言にイラッとしたところで、教授が講義室に姿を現し、おしゃべりも止んだ。

(はあ。集中、集中。でもあの気配は気になるし、無視できないな……これ終わったら、あの子に近づいてみよう。俺でも何か分かるかもしれないし)

今まで人を避けてきた奏斗にとって、それは大きな気持ちの変化だった。


講義が終わり、奏斗はテキストやノートをリュックへ入れて廊下に出てから、女性を目で追う。奏斗が次の教室へ行くには棟をまたいでの移動が必要だが、女性が向かう先は違うらしい。

目を伏せ足早に歩く彼女とすれ違った奏斗は、振り返りながらその姿を見て、同時に四月に配られた講義要項（シラバス）を思い浮かべる。奏斗の通う経営学部では、二コマ目は専門科目が多かった。

（ということは、学部が違うのか）

実際、奏斗もこの日の二コマ目は『マクロ経済学初級』という専門科目の講義である。

奏斗が首を傾げていると、颯が慌てた様子で教室から出てきて、女性の名前を呼んだ。

「羽奈（はな）、待って」

移動やおしゃべりをする学生たちでにぎわう廊下でも、その状況は少し異様で、颯が有名人でなくても注目しただろう。

あの女性は羽奈という名前なのか、と思いながら見ている間にも、女性――羽奈は無視なのか聞こえていないのか、下を見たままずんずん歩いていく。

颯は小走りで追いかけていたが、ちょうど奏斗を追い越したところで諦めて立ち止まった。周囲の女子学生たちが、「何あれ～」「感じわっる！」と羽奈にわざと聞こえるように悪態をつくので、奏斗はまたしても苛立ちを覚える。

（事情も知らないのに、よくそんな悪く言えるよ）

同じような経験をしてきた奏斗の胸が、きゅうと引き絞られるように痛む。見た目や仕草だけで、「悪いのはあちらに違いない」と偏見を持たれることが多かったので、自然と羽奈の境遇を自分に重ねてしまっていた。

　奏斗が持っていた違和感は、廊下を曲がった羽奈の姿が見えなくなると同時に消えた。やはり彼女が原因らしいことだけは分かったものの、これからどうするか、と奏斗は考える。

　あやかしが関与しているなら気にはなるが、講義を休むわけにはいかない。

　また彼女と会う機会はあるだろう、と気持ちを切り替え奏斗は踵（きびす）を返そうとしたが、突如、目の前に立っていた颯の体が沈んだ。

「あぶね！」

　反射的に駆け寄った奏斗は、両膝を床に突く颯に「大丈夫か？」と声をかける。こんな時、考えるよりも先に体が動くのは、お人好しの天の影響だ。周囲の学生は、興味や視線は向けるものの、彼に手は差し伸べない。なのに、スマホのカメラを向けようとする者はいる。

　のぞきこんだ颯の顔色が尋常でなく青いことに気づき、奏斗は「医務室行こう」と言って彼の右腕を首裏から肩に回すようにして担ぎ、彼の腰を支えるようにして立たせた。

　カメラを向けている学生には、これでもかというぐらいに強く睨んだ。

「うっざ」

相手がびびって手を引っ込めたのを見て、今の自分は先ほど羽奈に悪態をついた学生と同じだな、と奏斗は密かに落ち込む。後ろめたさから、サッと自分の黒マスクを鼻までしっかりとつけて顔を隠す。

奏斗は必修科目を休む覚悟を決めてから、左腕にぐっと力を込める。すると、颯の足裏が床から浮き、颯は驚きで体を強張(こわば)らせる。細身とはいえ、男性ひとりを軽々持ち上げているのだから、当然だろう。

「……あの、君は」

大人しく抱えられたまま聞いてきたので、奏斗は足を止めずに短く答えた。

「奏斗。経営学部一年」

存在自体が目立つ人間といると、こんなにも注目されるものなのか、と奏斗は周囲から不躾(ぶしつけ)に見られて内心で舌打ちをする。しかし視線をどうにかするより颯を医務室に連れていくのが先決だ、と思い直し、神経を尖らせながら移動を続けた。

大講義室のある講義棟は、幸い管理棟のすぐ隣にある。渡り廊下を渡った先にある管理棟一階には、学生課や小さなコンビニ店舗の他、会議室や医務室がある。上の階は主に教授たちの研究室だ。

医務室の扉前のサインプレートには、『不在』の赤文字が表示されていたが、鍵は掛かっていなかった。アルミ製扉の銀色の大きな取っ手に手を掛けて横にスライドさせると、正面に大きな窓があり、白いカーテンや簡易テーブルとイス、それから壁際には救急箱や薬箱が並ぶガラスキャビネットが目に入った。カーテンの向こうがベッドだろう。人の気配はない。

「奏斗くん。僕は、颯。文学部の一年で……助けてくれて、ありがとう。もう大丈夫」

「どういたしまして」

助けてよかった、と奏斗がホッとしたのもつかの間、颯は目を伏せた。

「それから……ごめん」

「ん？　何が？」

手前にあった丸形の回転イスに颯が座り、机に肘を突くのを確かめてから、奏斗は扉を振り返る。重さで自然に閉まるタイプのようで、しっかりと閉じられていた。

「っ……信じてもらえないかもだけど……僕と関わると、みんな……おかしくなるから、その……」

しぼんでいく言葉尻と共に、颯はどんどん俯いていく。

(近づくとおかしくなるのが分かっているのに、なんで羽奈には近づこうとしているんだ？)

颯の行動が矛盾しているのには、何か理由があるのだろうか。そこまで考えてから、奏斗はあえてあっさりとした口調で言った。

「大丈夫。俺にはそれ、効かない」

「え！」

颯が勢いよく顔を上げる。

奏斗は、そんな颯からわずかに出ている香りに神経を集中させる。さきほど女子学生が言っていた『いい匂い』とはこれのことか、と思いながら。

目を見開いている颯の真正面に腰をかがめ、奏斗は颯をまじまじと見てみることにした。

潤（うる）んだ大きな目は、色素が薄いのかカラコンなのか分からないが、瞳孔が開いているのがすぐ分かるぐらいの薄茶色で、同じく少しブリーチしている髪色とも合っている。くるんと上を向いたまつげは、まばたきのたびにバサバサと羽ばたいて見えるぐらいに量が多い。毛穴の全くないつるりとした白い肌の顔には、まっすぐ鼻筋が通っている。

なるほどさすがモデルというだけはある、と奏斗は妙なところで感心しながら上体を戻した。

颯の発している香りは、近づいて初めて分かるぐらいの微（かす）かなものだが、あやかしが関係していることだけははっきりした。少しだけ目に見える気がしたし、匂いを嗅いだことで、奏斗の中に眠る『欲』を刺激されたからだ。

今まで天と過ごしながら蓄積してきた『力や欲をコントロールする』という経験がなかったら、その刺激に負けていたかもしれない。

気づくと、颯が鼻をズビッ、ズビッと鳴らしていた。肩も震えている。

「……僕、ほんとに、何もしてないんだよ……でも、無意識になんかしてるのかな……」

奏斗は、近くの机の上にあったティッシュを箱ごと差し出しながら、答える。

「悪い。原因とかは、分からない」

「……そ……だよね」

希望の後の絶望。そんな感情の落差が見えるかのように、颯はティッシュを一枚取り出したものの、そのまま再びがくんと首を垂れた。奏斗はティッシュの箱を元に戻し、綺麗に渦を巻くそのつむじの上から声をかける。

「具合は大丈夫か？　水かなんか買ってこようか？」

「大丈夫……ただの寝不足だから……ふう」

気を取り直した様子で、颯はズビンと鼻をかんだ。

相当思い詰めているということか、と奏斗は颯の心情を察する。初対面の奏斗が発した言葉にすら希望を見出そうとするぐらいだ。噂になるほど『周りのファンがおかしくなる』のが本当なら、本人から見た状況はもっと悪いのかもしれない。

「あー。それのこと。調べたいのか？」

颯は、手に持ったティッシュを丸めてから、無言で深く頷く。

今までの奏斗なら知らない振りをしたかもしれないが、目の前でこれだけ追い詰められている様子を見て、とても放置はできなかった。それに彼がちょっかいを出す女性、羽奈から感じる『懐かしさ』は何か知りたいというのもあった。

自分から他人へ一歩踏み込むのは、少し怖い。が、思い切って「それなら」と声を発した。

「それなら？」

一度相手へ届いた声は、もう取り消せない。奏斗はすーっと大きく息を吸ってから、吐き出した。

「あの、さ。騙されたと思って、依頼してみるか？」

奏斗はデニムの後ろポケットからスマホを取り出すと、カバー裏に何枚か挟んである『便利屋ブルーヘブン』のショップカードを一枚取り出した。

颯はそのカードをじっと見て呟く。

「便利屋……？」

緊張でドキドキする胸の鼓動を誤魔化すように、奏斗は軽口を叩いた。

「うさんくせえよな。俺でもそう思う」

ところが颯は、ふるふると首を横に振った。

奏斗は机の上に転がっていたボールペンを拝借して、カード裏に自分のSNSのIDを走り書きする。

「んじゃ、気が向いたら、連絡して。店でも、俺でも」

「ありがと……」

「ああ。あとはひとりで大丈夫か？」

「うん」

最後に颯の顔色をもう一度確認してから、奏斗は腕時計を見る。二コマ目が始まってから十五分が経っていた。一コマ九十分の講義だから、今から走れば半分以上はまだ聴くことができる。

遅れて入ろうか迷っていると、颯がふわりと笑った。

「まじめなんだね」

「あ？　ああ、見た目の割に、だろ」

「あはは。あと、優しい」

なるほど、整った容姿だけでなく天然人たらしも兼ね備えているのか、と奏斗は大きく息を吐く。そして、「じゃあな」と颯に別れを告げた。

廊下に出てから、奏斗はやはり講義に出るのを諦めることにした。颯がすぐ天に連絡を取るなら、先に事情を説明しておいたほうがいいことに気づいたからだ。

管理棟から中庭に出て、周囲に誰もいないのを確かめてからスマホの画面をタップし、連絡先から天を選ぶ。

『おう、どした？』

ワンコールで出てくれた天に、奏斗は思わず笑う。

「天さん、出んの早いすよ」

『大学から連絡してくることなんか、滅多にねえだろ。何があった？』

それを聞いた奏斗は、もしかしたら天は前から何か勘づいていたのかもしれないと思った。なぜなら天狗である天には、『徳』を消費するからと滅多に使われることはないが、神通力があるからだ。

他人の考えていることを知る他心智通や、過去の出来事を知る宿命智通。

どこへでも一瞬で移動できる、縮地と呼ばれる神足や、遠くまで見通す天眼に、どんな声も聴くことができるという天耳。

この他に人心掌握という、思い通りに他人の記憶を変えたり消したりする能力と、悪鬼折伏という、あやかしとあやかしに関する呪いを祓う能力まである。

説明された時は、天狗という存在の無敵さに心底驚いた。しかも天は天狗をも超越した大天狗だというから、奏斗にとってはあまりにも存在が大きすぎて、三年以上生活を共にしてきた今でもよく分からない。

「えっと……ある人たちから、あやかしの気配を感じたんすよ」

『……おう』

やはり何か知っているのか、と奏斗はごくりと唾を飲み込む。

スマホの向こうで、天は今どんな顔をしているのだろうと考えだしたら、二の句が継げなくなった。

余計なことに首を突っ込むなと怒られるだろうか。多少あやかしに関わったことがあるからといって、むやみに手を出すなと呆れられるだろうか。

次から次へと不安が湧いてきて、言葉が出なくなってしまった奏斗を察してか、天が先に次の言葉を発した。

『何か困ってんだろ？ 電話じゃなんだ、帰ってこい。それとも、迎え行くか？』

天の優しさで、ようやく奏斗の喉の栓がポンと抜けたような気がした。

「っ、子どもじゃないんすよ。自分で帰れますって。……とにかく、誰かから連絡来るかもしれません」

『はは！　わーった。そん時は話聞いとく。んじゃ店で待ってるからな』

「っす」

通話を切った後で、奏斗は講義の欠席連絡をそれぞれの教授宛に送るため、メールアプリを立ち上げた。

先ほど出席を諦めた『マクロ経済学初級』はすでに無断欠席扱いだろうが、念のため『急病の友人を看病していたため、突然の欠席となり申し訳ございませんでした』とメールをしておく。先生方には過剰なぐらい気を遣ったほうがいいというアドバイスを、ねこしょカフェ店員である光晴――奏斗と同じ大学出身だ――からもらっていたからだ。

そうと決まれば、二コマ目が終わる前にキャンパスから抜け出そう。奏斗はそう考えて、正門へ向けて足早に歩き出す。ランチタイムに近づけば、あちこち学生でごった返すからだ。

(颯の話を聞けば、羽奈のことも何か分かるかもしれない)

初めて自分から人に関わろうと思ったのは、なぜか。それは、あの香りをどこか懐かしく感じるからだ。

(鬼の血……いやいや、関係ない)

奏斗は無意識に、背負ったリュックの肩ひもを両手で握りしめる。

今、ぎゅるるると急激に腹が減ったのは、おそらく颯を抱えて歩いたからだろう。家に帰ったら、ストックしてある冷凍ご飯を解凍して食べる。食べながら、天に相談する。

そうやって頭の中でこれからのことを組み立てながら、奏斗は家路を急いだ。余計なことは、考えないように。

大学から便利屋ブルーヘブンへは、徒歩と電車で片道四十分。車より断然早いのは、都会あるあるだ。

便利屋に戻った奏斗を、天は電話で言っていた通り「おかえり」と店で迎えてくれた。

「どうしたカナト?」

「はい……ちょっとしんどくなって、大学さぼりました。すんません」

「そんなん、たまにはいいだろ」

軽く何か食べたいという奏斗に、天は机の上に置いてあった紙袋を持ち上げ、雑に差し出した。

「ほれ。これ食え」

遠慮がちに受け取ってから、がさごそと袋の口を開けると、コロッケが五つ並んで入っていた。同じ商店街にある、肉屋の名物だ。買ったばかりなのか、まだ温かい。

「……あざっす」

テキストやノートで重いリュックを二階の自分の部屋に置いてから、奏斗は一階のキッチンへ降りる。ラップでパックしてある冷凍ご飯を取り出し、レンジで温めながらヤカンを火にかけ、戸棚から急須と湯呑を取り出した。ダイニングテーブルに腰かけた天に、お茶を淹れるためだ。

天は奏斗の話を聞きながら、バリッとせんべいの袋を手で破って開ける。キッチンに、香ばしい匂いがふわりと漂った。

「ふむ。香り、ねえ」

「あの……怒らないんすか」

奏斗は天の向かいに座り、温め終えたご飯にふりかけを振りながら、恐る恐る尋ねる。かつお風味のふりかけに、あとから少しだけ醤油を垂らすのが奏斗流だ。

「ん？　怒るってなんでだ？」

ばりん、と天がそう言いながらせんべいをかじる。奏斗はコロッケひとつをほぼ一口で食べる。

「んぐ。余計なことすんな、とか」

五つあったはずのコロッケは、あっという間になくなった。

何か言うたびに母親から「黙れ」と怒鳴られるのがお決まりだった奏斗は、天相手でも未だに気が引けてしまう。

「いんや。むしろ、よかったと思ってる」

「え」

天の意外な言葉に戸惑いながらも、奏斗はテーブルに置いた湯呑へお茶を注ぐ。ふりかけご飯にも余ったお茶を注いで、お茶漬けにした。

天はずずっと一口お茶をすすってから、にやりと八重歯を見せる。

「カナトは、人との関わり。避けてるだろ」

「……気づいてたんすか」

「そりゃそうだろ。いいかカナト。後ろめたく思う必要なんかねぇ。気になるから行動するなんざ、普通だ」

「でも、天さんに迷惑かけたら」

「あんなあ。何度でも言うが、俺様大天狗だぞぉ。おめぇひとりの迷惑なんざ鼻くそだ。ぴーん！　だぞ」

天は、奏斗のおでこを中指ではじくような仕草をする。奏斗が「きったね！」と嫌がると、ケラケラ笑った。こうして天に軽くあしらわれるのはいつものことであるし、言葉通り受け止めていいのか未だに分からない。だからいつも憎まれ口を叩いてしまう。

「大天狗って言われても、なんかしてるの見たことないし。いまいち実感ないんすよね」

　実際、奏斗が天狗らしい天を見たのは、最初に助けてもらった時だけ。道祖神や付喪神と話しているのは見たことがあっても、それ以外は、言っちゃ悪いが奏斗にとってはただのオッサンである。

「そりゃぁ、そんだけ平和ってこったろ。お？　噂をすれば、そのハヤテって奴かもな」

　テーブルの上に置いてあった天のスマホが、画面を光らせながら鳴り始める。慣れた手つきで液晶画面をタップする大天狗。妖怪研究者が知ったらどんな顔をするだろうか、と奏斗は思わず遠い目をした。

「もしもーし？　便利屋ブルーヘブンで……はい。ええ、もちろんご依頼大歓迎ですよ。ん？　今から？」

　天が奏斗をちらりと見るので、頷く。

「わかりました。大丈夫ですよ。場所分かります？　はい、はい。駅の南口からアーケードで繋がってますから、そこの商店街入ってもらって。はい、では、お待ちしてます～」

奏斗は、通話を終えた天を不安げに見る。そんな奏斗を安心させるように、天は八重歯を見せて微笑んだ。

「今から来るってよ。カナト～！　初めての営業で新規顧客ゲットたあ、やるねぇ！　成功報酬で、ご馳走食いに行こうぜぇ」

「……焼肉食い放題で」

「ははは！　食いすぎて店潰すなよ！」

天はテーブルの向こうから身を乗り出して、奏斗の頭をガシガシ撫でた。

「っす」

奏斗は茶碗を持ち上げると、残りの冷めたお茶漬けをサラサラと箸で口の中へかき込む。胸から込みあげてくる何かと一緒に、ごくりと飲み下した。

翌日。いつも通りに大学へ来た奏斗が大講義室へと向かっていると、見慣れたシルエットを見つけて飛び上がらんばかりに驚いた。

(天さん⁉)

目が合った天は、いかにも『作戦成功』といういたずらっぽい顔をして軽く手を振っている。

人目を避け建物の裏で合流した奏斗は、作業服姿の天が堂々と用務員パスを首から下げているのを、まじまじと見つめた。

「びっくりしたぁ！　えっ、用務員って。どうやって潜り込んだんすか⁉」

「おたまのコネ」

おたまというのは、便利屋ブルーヘブンの近所にある猫と古書が楽しめる『ねこしょカフェ』のオーナー、環のことである。あのぎろりとした鋭い目を思い出すと、寒気がした。

環も明らかに人間ではないが、まだなんなのかは教えてもらえていない。天狗を恐れさせているぐらいだから大妖怪に違いない、と奏斗はいつも過剰なぐらいに気を遣っている。

「うーわ。どんだけすか、おたまさん」

「どんだけどころか、とんでもねんだ。ぜってえ怒らすなよ」

それはそうだろう。たった半日で大学に用務員として潜り込めるコネ。考えるだけで恐ろしい。

「分かってますよ……てか、天さん！　朝普通に俺のこと見送りましたよね!?」

「うん。俺様、大天狗だから。えへん。ドッキリ大成功！」

両手を腰に当ててのけぞる天を、奏斗は冷たい目で見上げた。「大天狗だっていう実感がない」と奏斗が言ったのを気にしていたにしても、やりようがあるだろうと抗議したいところを、かろうじて我慢する。

奏斗の心中を知ってか知らずか、天は後ろポケットから黒い無地のベースボールキャップを取り出すと、目深（まぶか）に被ってみせた。が、夏用の半そで作業服からは腕のタトゥーが見えているし、身長も高いためどうしても存在自体目立つ。

「はあぁ。せめて髪しまったほうがいいかも」

「ちょっとは褒めてくれたっていいじゃんかよぉ～」

後ろで結った長い髪を器用にクルクルと巻いて団子状にしてから、天は「これでどうだ？」とへらりと笑う。

「はいはい、すごいすごい」

「つめたいぞぉ、カナトォ」

「……仕事してください」

「ハイ」

しゅんと眉尻を下げた天を見ながら、奏斗は昨日のことを思い出した。

昨日の電話の後、すぐに颯が便利屋へやってきた。店が奏斗の家でもあると知ると安心したようで、スラスラとことの経緯を話し始めた。

便利屋に依頼することではないと思うが、と前置きした上で、颯は、今自分の周りで起きている現象の原因を見つけて、できれば解決したいのだと言った。

現象というのは、颯の周辺の女子学生たちが次から次へと具合が悪くなったり、精神に異常をきたしたりしているということ。噂が広まりモデル活動も休まざるを得なくなり、調査依頼に踏み切ったらしい。

「うちは、便利屋なんでね。解決は仕事じゃない」

天の冷たい一言に、颯は歯を食いしばる。断るつもりか、と奏斗は目を大きく見開く。

「……でも、素行調査ってのは、やってます。それでいいですか？」

だが一転して出てきた優しい言葉にホッとする。颯も安心したような表情で、元気よく頷いた。

「っはい！」

「わかりました。では、これから数日間、あなたの身辺を調査させていただいて、結果をお伝えする。という依頼で受けさせていただきます」

「それで大丈夫です。よろしくお願いします」

　ちなみに、依頼の詳細を聞いている時に、颯が羽奈に近づこうとしている理由を聞いてみたが、頑なに教えてくれなかった。プライベートなことだから致し方がないだろうと諦めて見送り、店へ戻った奏斗は天に別のお願いをした。

「俺が気になったの、実は羽奈さんのほうなんですよ。注意して見てくれますか？　こないだ模様替えしたアパートで会った人。あやかしの気配がするので、すぐ分かると思います」

　懐かしい感じがする、とはなぜか言い出せずにいた。

「ん。わかった」

　天が一瞬殺気立ったような気がして、奏斗は怪訝な面持ちになる。

「天さん？」

「心配すんな。この俺がいるからにゃあ、だいじょーぶだ」

「……っす」

　だが天の心強い言葉を聞いて気のせいだったかと考え直し、奏斗は素直に頷いた。


　昼休みに早速、奏斗は羽奈の姿を探すことにした。天は天で構内を巡回していて、今は側にいない。

（あ、いた）

大学内には、食堂が三つある。そのうちのふたつは、ごく普通の学生食堂と、オシャレな感じに改装されたばかりのカフェテリア。最後のひとつは、古くて狭くてしょぼい、と学生たちから敬遠されている北食堂だ。

キャンパス北側の端にある古い建物は常に人気が少なく、椅子はぺたんこでテーブルはがたつくし、職員は無人。壁際にパンとカップヌードル、飲み物の自販機。天井はLEDではなく蛍光灯で、壁にはいつのか分からないサークルのポスターの数々が貼られていた。

そんな北食堂の奥のテーブルに、奏斗は羽奈の姿を見つけた。入り口に背を向けて、本を読んでいるような様子だ。

（今は、普通だな）

あの時、なぜ羽奈のシルエットがブレて見えたのだろう、と奏斗は首を傾げる。だが近づいて確認しようにも、こうまで周囲に人がいないとすぐにバレそうで憚られた。

結局、奏斗はかなり離れた席に腰を下ろすことにした。椅子を引くだけで、ギギギと音が響き渡る。メロディだけの控えめなBGMのボリュームをもっと上げてくれと思いつつ、ちらちらと羽奈の様子を窺う。

すると、何者かが奏斗の脇を通り過ぎ、足早に羽奈へ近づいていった。

（颯⁉）

待ち合わせをした覚えはないが、跡を付けられていたのかもしれない。そう動揺する奏斗を置き去りにして、颯は羽奈の前に立ち、話しかけた。

「羽奈」

「っ⁉」

驚いた羽奈が椅子から飛び上がる勢いでびくりとし、読んでいたと思われる本がバサッと音を立てて床に落ちた。

「お願いだから逃げないで。話、聞いて」

奏斗から羽奈の表情は見えないが、必死な颯の様子は分かる。

「前と同じことが起こってるんだ！　だから」

するとたちまち、羽奈の体の線がまたブレて、二重に見え始める。

（まただ！）

「な、んなんですか」

羽奈は明らかに怯（おび）えていた。

「なんで私の名前、知ってるんですか」

「なんでって……羽奈だよね？」

「あああなた、誰ですか！」

それを聞いた颯は、目玉がこぼれんばかりに目を見開く。

「……僕のこと、覚えてないの？」

「覚えてるも何も、知りません！」

愕然としている颯に助け船を出すべきか、と奏斗が逡巡（しゅんじゅん）していると、にわかに外から騒がしい声が聞こえてきた。

「あ！　こんなとこにいた！　颯！」

「探したよ～！」

「迎えに来た～」

女子数名が、ガヤガヤと北食堂に入ってくる。颯は彼女らに向かって、かろうじて取り繕った微笑みを向けた。

「ごめん！　先に行っててって、グループチャットにメッセージ入れてたんだけど」

「だってぇ～、一緒に行きたいし～」

「何してんの～？　遅れるよ～」

「てか、誰それ～」

口々に勝手なことを言いながら、彼女たちはどんどん颯に近づいてくる。その間に羽奈は、床に落ちた本を急いで拾ってカバンの中にしまい、立ち去ろうとした。当然、颯は慌てて止める。

「待って、羽奈」

「もう、話しかけないでください」

羽奈のそのセリフを聞いた女子学生たちは、色めき立った。

「はあ⁉」

「何様⁉」

彼女たちは、立ち去ろうとする羽奈の行く手を阻(はば)むようにして立ちふさがり、羽奈を睨みつけた。

「颯に謝ってよ」

「すごい失礼〜」

勝手に来ておいて勝手に判断し、頼まれてもいないのに勝手に断罪することのほうが失礼だろう、と奏斗は頭を抱えたくなった。

「っどいてください」

気丈に振る舞う羽奈だったが、多勢に無勢。彼女たちの壁を突破することはできない。押しのけでもしない限り、テーブルと椅子が邪魔をして、通れない。

「謝れって言ってんの」

「分かんない？」

颯が顔を真っ赤にしながら「ごめん」「勘違いだった」「僕が悪いから」と収めようとするものの、女子学生たちの勢いは止まらない。

「ブスが話しかけてもらっておいてさぁ」

「まっじで何様?」

「謝ることもできないわけ？　失礼すぎでしょ」

場のパワーバランスでもって生成される集団正義は、ただの暴力だ。奏斗の過去の経験が、フラッシュバックのように脳裏をよぎる。言い分も聞かず、一方的に悪だと決めつけ、責められた側が床に額をこすりつけないと終わらない。彼女らの怒りで、どんどん周囲の温度も上がってくるようだ。

意を決した奏斗が仲裁しようと立ち上がると、ふいに、いい香りがした。

(なんだ?)

『そんな奴ら、喰らってしまえよ』

同時に頭に流れてくるのは、脳を蕩(とろ)かすような、低くて甘い声だ。

(っ……誰だ)

奏斗の問いには答えず、すぐに声は聞こえなくなる。黒マスクの下で、口の中に唾液が湧き上がってきた。唐突な激しい食欲に、動揺する。

(なんだ、急にっ……)

香りが漂ってくる羽奈のほうを見る。すると、ほんの二、三メートル先でぶるぶると肩を震わせている羽奈のシルエットが、先ほどよりもさらにブレていた。ブレるというより、もはやふたりに分離して見えていた。

奏斗は香りに引き寄せられるかのように、一歩、また一歩と羽奈の背中に近づいていく。

「みんなやめよう？　僕が悪かったから」

颯は必死に仲裁を試みているが、効果はないようだ。

「颯悪くないし」

「てか、ひどいことされてるのは颯じゃん！」

「こいつ、調子乗ってる」

颯は今にも泣きそうな顔をしながらようやく奏斗を見て、それから「ほらね」とゆっくり口を動かした。

そんな颯を横目に、奏斗は羽奈へ近づいた。近づけば近づくほど香りが濃くなる。誘われているような気持ちになり、欲のまま好き勝手に振る舞いたい衝動に襲われる。それが、奏斗の場合は『喰いたい』という気持ちだ。

奏斗が激しい空腹と必死に戦っている間にも、女子学生たちの目は血走って、口汚い言葉を吐き続けていた。とても大学のランチタイムの光景ではない。

人気のない北食堂とはいえ、さすがにこの騒ぎでは気づく人が出るかもしれない、と危惧した奏斗は、理性を総動員し欲を抑える。そして羽奈の肩を人差し指で軽くトントンと叩いた。すると、ブレていた羽奈の体の線がひとつになった。

「ひっ⁉」

「どうも。便利屋です」

羽奈は混乱しつつ、奏斗の顔を見上げた。

「べんりや？」

（アパートで会ったってだけじゃ、分からないか）

まるで初対面のような態度の羽奈に、奏斗はブルーヘブンのショップカードを差し出した。

「お困りみたいなんで。脱出依頼、承りましょうか」

カードを受け取るなり羽奈は、迷いなく頷いた。

「お、お願いします！」

「毎度あり」

言ってから。奏斗は羽奈を背に庇(かば)うようにして女子学生たちの前に立つ。

「は⁉」

「何、あんた！」

たじろぐ彼女たちに向かって、なるべく低く怖い声を意識して、奏斗は言い放った。

「どけ」

その迫力に彼女たちは一歩後ずさりしたものの、ふたりが通れるほどの隙間はまだできていない。ならプランBか、と奏斗は溜息を吐いてから颯を横目で見た。

「あとで、戻しといて」

「え？」

言うなり、奏斗は食堂の長テーブルを片手で派手にずらした。優に十人は横に並んで座れる長さの重たいものを、一瞬で。

それから羽奈の肩をぐいっと抱き、できた隙間からあっという間に外へ出た。

「わ！」

「ごめん、痛かったか？」

「あ、いえ」

念のため後ろを振り返ると、彼女らは何が起こったのか分からないというような顔で、ぽかんとしていた。

食堂から出て、別の講義棟の陰に入ったところで羽奈が足を止める。

「便利屋さん。ありがとうございました。おいくらですか」

「え？」

「脱出の、代金です」

羽奈が黒ぶち眼鏡の奥から真剣な目つきで奏斗を見るので、奏斗はなんだか居心地が悪くなった。

「あー。初回特典サービスってことで……」

「いえ、本当に助かったので、お支払いしたいです」

奏斗は、余計しどろもどろになった。

「えーっと、同じ大学キャンペーン的な……」

奏斗が本当に困っているのを察したのか、羽奈はそれ以上払おうとするのをやめてくれた。そして微笑んでから口を開いた。

「ふふ。私は、ハナと言います。文学部の一年。お名前をお伺いしても？」

「奏斗っす。経営学部一年」

「奏斗さん。助かりました。本当にありがとうございました」

羽奈が深々と頭を下げるので、奏斗もぺこりとお辞儀を返した。

「いえ、なんか、やばそうだったんで。ああいうの、よくあるんすか？」

「っ……」

奏斗の言葉を聞くなり、羽奈は肩をびくりと震わせて俯（うつむ）く。その上から、奏斗はさらに聞いてみた。

「知らない人に追いかけられたら、怖いすよね」

「はい。私にも……訳が分からなくて……」

　颯は明らかに羽奈が知人であるような態度だったのに、なぜ羽奈は颯のことを知らないのか、と奏斗は首を傾げる。それに、今の羽奈からあの香りがしなくなっているのもまた不思議だった。おかげで空腹は収まったけれど。

「あの……じゃあ、私はこれで」

　立ち去ろうとする羽奈を引き留めるわけにもいかず、奏斗は色々聞きたいのを抑えて言う。

「ええと、また何かあればご贔屓(ひいき)に。相談でも、助けるでも」

「はい！　次はちゃんと、請求してくださいね」

「うす」

　見た目通り真面目な女性だ、と奏斗は感じた。先日、タオルの礼を言いにわざわざ出てきたことと言い、とても嘘を吐くようには見えない。

　奏斗はスマホを取り出し、天へ『今どこですか？』とメッセージを送った。

　それからすぐに、管理棟の一階裏にある非常口前の段差で天と合流した奏斗は、コンクリートの階段にそのまま腰かけた。

　リュックの中から、今朝自分で握った大きなおにぎりを取り出して頬張り、もう片方の手にはお茶のペットボトルを持つ。天はそれを正面に立って見下ろしながら、腕組みして呟いた。

「また、香りねえ」

「はい。んぐ。めちゃくちゃいい匂いで。むぐ。嗅ぐとなんか、腹が減るっす」

「ふむ……ちーっと力、使うぞ」

　正面に立った天がベースボールキャップを脱ぎ、奏斗の目をのぞきこむ。初めて自分に対して神通力を使われる。奏斗の心は、不謹慎だが一気に高揚した。

　ぎゅ、と天の眉間にしわが寄り、目が細められる。奏斗を通じて、何かを見ているかのようだ。ところが、多少じっと見られただけで、奏斗にはなんの変化もなかった。

「見るだけ？」

「おう」

　物足りない、と言わんばかりの奏斗の表情を見て、天は苦笑する。

「んな顔すんなって。そんなに見たいもんかあ？」

「そりゃあ……あ、いや！　もちろん他人の不幸を望んで、とかじゃないすよ」

「わーってるさ。まあ今回は、嫌でも使うはめになる」

　奏斗は、天が今まで見たことがないくらいに険しい顔をしているのに、目を瞠る。

　天は「嫌な予感がすんだよ」とぼそりと呟き、考え込む。奏斗は、いつも明るい天にそんな険しい顔をさせるなんて何があるのだろうか、と内心震える思いになった。

そして天の言葉は——数日後に当たってしまった。

（あれから一週間くらいか）

いつも通り一日の講義を終えた、午後四時ごろ。奏斗は改装されたばかりの中央カフェテリアの前にいた。

カフェテリアの前には大きな外階段があり、真っ白なタイルが張られている。下へいくにつれて扇状に広がるデザインは、上り下りするだけでなくベンチ代わりにする学生も多い。講義を終えた後、カフェテリアでコーヒーやパンなどを買って、階段に座った友人らと雑談するのがこの大学の日常風景だ。

この日は久しぶりに雨が止み、曇り空の下、軽食や雑談を楽しむ学生たちで賑わっていた。

他の学生たちと同じように、奏斗も階段の最下段の端へ腰かけた。手の中にあるスマホは、ＳＮＳのトーク画面が開かれている。颯からのメッセージは『辛いから、しばらく大学休む』で止まっていた。

見舞いに行こうか散々迷ったものの、颯と奏斗は友人ではない。依頼者と便利屋という関係で踏み込む勇気は、今の奏斗にはなかった。

しばらく天と共に羽奈の様子を観察していたものの、颯が大学を休んでからは、不思議な香りも女子学生たちのおかしな言動も見られなくなっている。颯がいなければ問題は起きない、という仮説が成り立つことから、奏斗は『辛いところすまないが、確かめたいことがある。大学へ来てくれないか？』と今朝メッセージを送っていた。だが返事はなく、既読だけがついている。

（やっぱ、来ないかぁ）

一日返事を待ってみたものの、諦めて帰るかどうしようかと悩む奏斗の頭上から、甲高い声が聞こえてきた。見上げると、最上段部分で女子学生たちが数名騒いでいた。

「あんたのせいで！」

「謝ってよ！」

誰かを一方的に非難しているような、物々しい雰囲気だ。

「みんな！　落ち着いて！」

男性の焦った声が聞こえたところで、奏斗は反射的に立ち上がった。

（颯か⁉）

周囲の学生たちも、なんだ？　と言わんばかりに振り返ったり、上を仰いだりしている。

「ずっと休んでんだからね！」

「あんたがなんかしたんでしょ！」

それらを必死で否定する女性の声が、奏斗の鼓膜に響いた。

「っ……知りません！」

（羽奈！）

大学を休んでいた颯を心配したファンたち、までは理解できる。が、なぜそれが羽奈のせいになるのか。奏斗には全く理解できないが、逆上した誰かが、ドンと羽奈の肩を押したのだけは見えた。

「あっ」

羽奈はぐらりと姿勢を崩す。奏斗は必死に階段を駆け上がって助けようとするが、不運にも奏斗がいたのは一番下のほうである。とてもこの距離では間に合わない。背筋を冷たいものが駆け抜ける。必死に膝を上げ二段飛ばしで駆け上がるが、既に目の前では羽奈の背中が宙に浮いている。

（くそっ）

せめて受け止めなければ、と両腕を広げたその時、突如として奏斗の視界が塞がれた。ベースボールキャップからのぞく赤い髪に、大きな背中。奏斗は安心感からか、思わずその名を呼んだ。

「天さんっ！」

「いよっと」

天は落ちてきた羽奈をしっかり抱き留めてから、どこかのんびりとした大きな声で言う。

「雨で濡れて、滑りやすいからねぇ～。気をつけなよ～」

その一言で、緊迫した場面が一気に氷解した。息を呑んでいた学生たちは「あっぶねー」「用務員さんナイス」「よかった～」などと口々に言いながら、あっさり事故として受け止めている。

奏斗もまた、ホッと胸を撫でおろした。殺人未遂と思われてもおかしくない状況にもかかわらず、周囲の学生たちが騒ぎださないのは、おそらく天が『人心掌握（じんしんしょうあく）』を使ったからだろう。

「はああ……」

「カナト。ハナは俺が医務室連れてっておくから、ハヤテ頼む」

「っす！」

残りの階段を駆け上がった奏斗は、放心状態の女子学生たち数人を横目にしながら颯の姿を探す。だが、見つからない。

先ほどの焦った男性の声は、颯に間違いない。大学へ来るように促したのは奏斗だが、迎えに行くか待ち合わせをすべきだった、と後悔と反省が頭をよぎる。

「……すんません、もういなかったです……」

気絶している羽奈を横抱きにして医務室へ向かっていた天に追いついて、奏斗は首を垂れた。何度か通話を試みたが、颯が出ることはなく『ごめん』とだけメッセージが来たので、『また連絡する』と返す。

「そか。医務室着いたら手ぇ借りたいが、いいか？」

「はい。今日の講義、もう終わったんで、時間はあるっす」

「うし」

管理棟にある医務室のサインプレートは、今日も『不在』を示している。奏斗が大学に入ってから、誰かいた試しがないなと首を捻ると、天が笑った。

「嘱託医のセンセーは、普段この上の『保健センター』ってとこにいるんだとよ。何かあったら内線で呼べ、ってそこに書いてるだろ」

「あ、ほんとだ」

内線電話の前に、貼り紙がしてある。つまりここは、学生が自主的に応急処置できる場所ということか、と奏斗は納得した。

白いカーテンを開けると、簡易ベッドには清潔そうなシーツが敷かれている。そこへ天がゆっくりと羽奈を寝かせるのを見ながら、奏斗は言った。

「天さん、もしかして結構真面目に巡回してた？」

「あったり前だろがぁ。ふう、さて」

天は、ガタガタと丸椅子を持ってきてベッドの脇に腰かける。

「ふかーく見てみるぞ」

「……神通力（じんつうりき）すか」

「おう。やろうとしてんのは主に宿命智通（しゅくみょうちつう）っつって、そいつの過去を見通す力だな。本人の了解を得ずにやるのは嫌だったが、そうも言ってらんねぇ」

パキポキと天が首と肩を回す。

「徳使い切ったらぶっ倒れっから。鍵渡しとくわな。職員用駐車場、分かるか」

天がそう言いながら作業服のポケットから取り出したのは、車の鍵だ。『便利屋ブルーヘブン』の車は青い軽バンで、奏斗も運転免許を取ってからは、時々運転している。

「ぶっ倒れ？　駐車場の位置は、分かりますけど」

「言ったろ。力を使うには積んできた『徳』がいる。使い切っちまったら、倒れる」

「まーじすか」

「天狗って無敵なんじゃねえの？」が言外にこめられた奏斗のセリフに、天は苦笑を返す。

「現代社会にゃ、色々制約があるのさ。わりぃけど俺の後ろに立っといてくれ。倒れたら、頼むぜ」

「はあ」

生返事を返した奏斗は、すぐに緊張で背筋を伸ばした。眼下にある天の顔がみるみる赤く染まり、鼻が伸びていくのを目の当たりにしたからだ。

(うわ、ほんとに、天狗だ……!)

ぎし、とベッドがきしむ音がする。そして横たわっている羽奈が眉根を寄せたと思うと——体全体の線が、二重になっていく。

「っ!」

奏斗は何度も瞬きを繰り返すが見間違いや幻ではないようで、羽奈の体はどんどんふたつに分裂し、物理的に羽奈の存在がふたつになっていく。

驚きに包まれたまましばらく見守っていると、天がぎりりと歯ぎしりをした。

「……ちっ、えげつねえ」

呟いたかと思うと、天は羽奈の寝ているベッドに上体を投げ出すようにして、突っ伏した。同時に、二重に見えていた羽奈も元に戻った。

「天さん?」

肩をゆすったり叩いたりしてみるが、全く反応がない。姿は元に戻っているが、意識はない。

「ぶっ倒れるって、これかぁ」

大きな独り言を放つと、ぴくりと羽奈の瞼が動いた。それからゆっくりと目が開いていく。

「ん……？」

奏斗は、枕元に置いていた羽奈の眼鏡を差し出す。羽奈はそれを素直に受け取って掛けると、体を起こしながら奏斗へ顔を向けた。

「あれ。便利屋さん？」

「うん。具合悪いとことか、ある？」

「いえ……あの、私……」

「えーっと」

ぼんやりとしている羽奈にどう説明しようか奏斗が躊躇っていると、羽奈はひとり納得した様子で苦笑した。

「また貧血、起こしちゃったんですね」

奏斗は表情に出すのをなんとか抑えたものの、内心激しく動揺する。

（まさか、落とされたこと覚えてないのか!?　しかも、『また』って）

「いやっ……分かんないけど、倒れてるの見つけたから、運んでおいた」

とっさの判断で、階段から落とされたことには触れず、奏斗は誤魔化した。

「それは、大変なご迷惑をおかけしました」

「いえいえ。大丈夫？」

「はい。あの、こちらの方は大丈夫ですか？」

戸惑う羽奈の視線の先には、突っ伏したままの天がいる。

「うわ！　ごめん！　様子見てるうちに疲れたみたいで。すぐどかす！」

奏斗が慌てて天の上体を起こし、肩を支えるようにすると、羽奈はいえいえ逆にすみません、と謝った。それから奏斗の顔をじっと見つめ、躊躇いがちに声をかける。

「あの、同じ大学だったんですね」

小首を傾げる奏斗に、羽奈はさらに言葉を重ねる。

「アパートで、お会いしましたよね」

「あ、ああ！」

(今、思い出したのか)

ようやく自分を認識した羽奈を前に、奏斗は何をどう聞くべきか迷う。そうしているうちに、羽奈はベッドに座った姿勢で軽くお辞儀をした。

「大変助かりました。お礼を……」

「そんなん、ただの俺のお節介ってだけだから、いいよ。っじゃあ、俺は、これで」

「はい。ありがとうございました」

結局奏斗は動揺しつつ、天を背負い医務室を後にした。これ以上ここにいると、余計なことを話す自信があったからだ。

なぜ前のことを覚えていないのか。また貧血、ということは同じように気絶することがあるということか。もしかして、颯のことを忘れているのも――

ぐるぐると考えながら巨体を背負って歩く。普通ならなかなか大変だろうが、怪力の奏斗にとって問題はなかった。ぎゅるぎゅると腹が鳴る以外は。

翌日の木曜日。早朝に目を覚ました天は、「久々にぶっ倒れちまった」と苦笑いした後、真剣な表情で言った。
「ねこしょカフェ行って、シオン連れてきてくれるか」
「わかりました」
シオンというのは、銀色の毛並みで金色の目をした猫であり、いつもオーナーの環や店員の光晴の肩に乗っていて、尾が二本生えている。

「天。ボクを呼び出すなんて、高くつくからね」

「そう言うなよ、シオン」

しかし今は、銀髪で琥珀色の目をした少年の姿になっていた。Tシャツにハーフパンツというラフな服装で布団に寝ている天の枕元にあぐらをかき、腕を組んでいる姿は、どう見ても中学生ぐらいの男の子だ。

「カナトも大変だね」

「あー、いえ。俺は、別に」

シオンが人間の姿になれることを知ったのは、奏斗が便利屋にやってきて一ヶ月ほど経った頃のことだ。天との距離を測りかね、迷惑をかけるかもしれないと何度も家出した奏斗を、探し出し連れ戻してくれた恩がある。

『相手はボクなんかよりもずっと強い大天狗なんだから。ただ甘えればいいんだよ』と言って、奏斗の悩みを軽くしてくれた存在であり、奏斗はシオンに頭が上がらない。

そのシオンが、いたずらっぽい顔で奏斗をのぞきこんでいる。光加減で金色に見える虹彩の中の、黒い瞳孔がきゅううと縦に細くなり、口角がぐいっと上がった。

「ふむ。まあカナトがらみなら、いいよ。んで、どしたの天。珍しく徳を使い切っちゃってさ」

「おー……ややこしいことが起こってる。人間に対して力使ったのは久々だしよ、俺は妖怪のことは分かるが、人間のことは分からん」

渋い顔で天井を見つめる天は、シオンの軽口を受け流した。ことの重大さを察したのか、シオンはあぐらから正座へ姿勢を直す。

「だからボクの出番ってことね。で、何が見えたの」

「妖怪が、人間に力の一部を植え付けることは、できるか？」

天の放った言葉を聞いて、シオンはしばらく絶句する。しばらくしたあとで絞り出すように言った。

「……できる。けどとても惨いことだよ」

「惨い？」

思わず問いかけた奏斗を目だけで振り返り、シオンは続ける。

「妖怪が人間に植え付けた力は、引き剥がせない。生きながらその力を行使し続けて、やがてあやかしになるか。それが嫌で死ぬか。二択だ」

ぞわりと奏斗の全身の毛が逆立った。

「は、羽奈さんがそうだって言うんすか⁉」

「……ハヤテが『前と同じことが起こっている』と言っていたな」

肯定も否定もせず、横になったまま声を発する天は、落ち着いている。

「ハナとハヤテは間違いなく知り合いのはずだ。俺が見たハナの過去に、ハヤテは確かにいた。だがハナはそれを忘れている」

するとと考え込んでいたシオンが、組んでいた腕をほどいて言った。

「力を植え付けられた場所に、行ってみるしかなさそうだね」

「ああ。シオン、悪いが」

「うん。問題が大きそうだから、ボクもついていく。光晴のことは、れんちゃんに頼んでおくよ」

れんちゃん、とシオンが呼んでいるのは霞蓮花という、ねこしょカフェの二階に間借りをしている二十四歳の女性のことで、本業は退魔師である。大きな溜息を吐きながら肩を竦めるシオンを、奏斗は気遣う。

「蓮花さんの仕事に支障は出ないんすか」

「うん。いまうちからの依頼はないから」

奏斗の脳裏に、気の強そうな黒髪ロングヘアの女性の姿が浮かんでいた。普段は事務系派遣社員だが、ねこしょカフェから依頼される妖怪退治を生業にしている。

蓮花は妖怪を敵視しているため天と意見がぶつかることがよくあり、そのたびに喧嘩の仲裁をしているのが、カフェ店員の光晴だ。猫又と退魔師によって過剰なぐらい守られている光晴が何者であるのか、奏斗はまだ知らない。

そんな疑問だらけの奏斗に、天は声音を柔らかくして言った。

「なあカナト。ちょっとした旅行になるだろうから、土産たんまり買おう。な」

「旅行って、どこ行くんすか？」

「新潟(にいがた)」

「にいがた？」

　そうして三人は急遽、上越新幹線で東京から片道二時間程度の場所に行くことになった。


　三日後、日曜日の朝。奏斗と天、それからシオンは、三人そろって早朝の新幹線の指定席に並んで座っていた。休日にもかかわらず、車内は空いていた。

人間の姿をとっているシオンを横目に、奏斗はおそるおそる呟く。

「てっきりシオンさんは、その、猫で行くのかと」

「ズルみたいで、嫌だもん」

「そっすよね」

「いや、騙されるなカナト。こいつの目当てはメシだ」

「そうだけど⁉　なんか文句ある⁉」

「「ナイデス」」

　三人は、天と奏斗のガタイのよさを考慮して、車両の一番前に席を取っている。足元が広いため足を伸ばせるし、前の座席を蹴る心配がないからだ。

車両が走り出したところで、それぞれ目の前に据え付けられたテーブルを下ろし、駅弁を広げて食べ始める。奏斗にとって、新幹線に乗るのは初めての経験だ。静かで速い、と内心感動している。いけないと思いつつ、心が浮ついてしまう。

結局、天が羽奈に何を見たのかは詳しく教えられていなかった。先入観はよくないというのを聞いて、奏斗もそれ以上聞くのをやめたが、天の雰囲気からかなり重い事情があることは察している。

「んで、徳は貯められたわけ？」

真ん中に座ったシオンが、もぐもぐと海鮮丼を食べながら天に尋ねる。

「……んまあ、最低限だな」

「そ」

天が倒れてから二日の間、便利屋の仕事といえばダイキチの散歩と、近所の老人宅の庭先の掃除ぐらいだった。果たしてそれで足りるのか、奏斗は疑問に思う。

「そう心配すんなカナト。合間合間で修行しといたし、天狗酒も持ってきた」

「修行？　天狗酒？」

質問攻めの奏斗へ、天がシオンの頭の向こうから八重歯を見せる。窓の外を見たいだろうと席を譲ってくれた、赤髪にタトゥーの入った巨体は、通路を歩く人たちから注目を集めているが本人はまるで気にしていない。

「大丈夫ってこった」

「はあ」

「もぐ、んぐ。大丈夫だよ、カナト。ボクもいるしさ」

「はい」

素直に頷いた奏斗を、シオンがけらけら笑う。

「なんで天よりボクを信じるのさ～」

「だって天さんだし」

「あー。まーねー」

「おい、どういう意味だぁ、カナトぉ!?」

奏斗はそれには答えず黙々と駅弁を三つたいらげ、車窓の景色を楽しみ、やがてうつらうつらする。そうしてあっという間に「降りるぞ」と起こされた。

駅のプラットフォームを歩き、改札を抜けたところで、天が振り返る。

「ここが、ハナとハヤテの昔住んでいた場所だ」

「え！」

驚いて足を止める奏斗に構うことなく、天はスタスタと歩いていく。慌てて追いかけると、駅構内にあるレンタカーショップへと入っていった。

天がどうやって免許証を手に入れたのか、については、触れてはいけない暗黙のルールがあるらしい。ちなみに書かれている天のフルネームは『青井天』。だから店の屋号はブルーヘブン。安直すぎるが、お客さんへの掴みにはほどよいエピソードだ。

配車された軽自動車の後部座席へ、奏斗がシオンと共に荷物を載せたりしている一方で、天はしかめっ面をしている。

「限界まで席下げても、せめぇな」

「んじゃ俺運転しますよ、まだマシなんで」

「おう。ナビ入れる」

出発してすぐの路肩でハザードランプを点けて車を停め、天と奏斗が席を入れ替わる。天がカーナビを操作していると、サーッという細かい雨がフロントガラスを濡らしていく。どんよりした低い雲が、まだ昼前だというのに空を暗くしていた。

「ふああ～。ボク、ちょっと寝るね」

後部座席からシオンが言うのを聞いて、天が呆れた。

「すぐ着くぞ?」

「ふにゃぁ～」

奏斗がバックミラーを上目遣いで見ると、シオンは天の声を無視してあっという間に猫になっていた。どうやら、猫又が人間に化けるのは、疲れることらしい。

「しゃあねえな。うし、セット完了」

「っす」

ナビの目的地は神社だった。奏斗は『案内を開始します』という機械音声を合図に、ゆっくりとアクセルを踏み込む。ナビの到着予定時刻は二十分後だ。確かにすぐ着く。

天が助手席でスマホをいじりながら、奏斗に向かって言う。

「駐車場、近くの『道の駅』のがいいらしい。近づいたら、道言うわ」

「了解っす」

普段、便利屋の仕事で都内を運転している奏斗にとって、細かい雨が降っているような天気でも、交通量の少ない道は運転しやすい。道自体も単純で、迷うことなく目的地に着くことができた。

神社の手前にある道の駅の駐車場に停め、背後のシオンに声をかける。

「シオンさん？」

だが、座席の上で丸まって寝ていて、反応がない。

「起きそうにねえな。しゃあねえ、雨だし、担いで連れてくか」

よ、と車から降りた天が、シオンの腹の下に手を差し入れ、あっというまに肩の上に乗せた。

リュックから折り畳み傘を取り出した奏斗は、なぜかじわじわとした嫌な気分に襲われていた。

「……天さん……」

耐えきれず天の名前を呼ぶと、ビニール傘を差す天が振り返り口角を上げる。

「大丈夫だ。腹の下に力を入れろ」

「はい」

「はは、今度は素直だな」

奏斗は、小さな傘に身を縮めるようにして、雨に濡れたアスファルトを踏みしめる。

「ここは、なんですか。俺、さっきから変な感じが」

「行けば分かる」

じゃり、じゃり、と靴底でアスファルトと砂利がこすれる音を響かせて、ふたりは歩き続ける。天候のせいか普段からなのかは分からないが、周辺には人影も車も見当たらない。

「ほら、見えてきた」

五分も経たず、赤いのぼり旗が道沿いに立てられた光景が目に入る。奏斗は赤いのぼりに書かれた文字に目をやった。

「酒呑童子(しゅてんどうじ)、神社?」

「おう」

「酒呑童子って……鬼、の？」

「そうだ」

　ぶるり、と寒気が走る。雨の冷たさか、これから起こることへの予感か。

　不安にかられた奏斗が一層腹の下に力を入れると、折り畳み傘の持ち手部分がひしゃげる。帰ったら、新しいものに買い替えなければならない、と憂鬱になった。

　神社自体は非常に小ぶりで、石でできた鳥居をくぐると、赤い鳥居と小さな五重塔が建っており、その奥にお参りができる本堂がある程度だ。境内の濡れた砂利で靴裏が滑り、膝に無駄な力が入る。

　先を歩く天が、五重塔を見上げ足を止めた。

「ここで、外道丸は鬼になったんだが……間違いねぇ。ハナはここで、奴のつづらを開けた」

　傘の陰になっている天の表情は、暗い。眉間に力が入り、見えない何かを見ているかのように、宙を凝視している。

「げどうまるの、つづら」

　奏斗は立ち止まり聞いたことのない言葉を復唱しながら、境内をぐるりと見回す。

『酒呑童子伝説』と書かれた立て看板には、『外道丸という名の美貌を誇る若い僧がいたが、女性からの恋文は読まずにつづらへしまっていた。それを悲観した女性が自害したことを知った外道丸が恋文の詰まったつづらを開けると、紫の煙が立ち上り、鬼になった』とあった。

その鬼というのが、酒呑童子だ。つづらというのは、外道丸が女性たちの恋文をしまっていたもので、それを羽奈が開けた、と天は言ったのか、と奏斗は理解する。奏斗の知識が正しければ、つづらというのは、つるで編まれた蓋つきの籠だ。ざっと見た限り、ここにはない。

鬼のつづらだから、懐かしさを感じるのだろうか。だとしたら、自分は酒呑童子と関係があるのだろうか。雨の中、奏斗は途方に暮れたような気持ちで、立ち尽くす。

その間、周辺を見て周っていた天が、奏斗へ「次へ行くぞ」と声をかけた。

「ハナは、通っていた中学でひどい目に遭っていた。まだその時のことを知ってる教師が残ってる」

「学校へ聞き込み行くんすか？　俺らじゃ、怪しすぎるっすよ」

「おっまえなあ。俺、こう見えても大天狗様だぞ」

「あ、そか。神通力！」

傘の下で、天は渋い顔をしながらシオンの背を撫でている。当のシオンは、すやすやと寝たままだ。

「ああ。俺の力で教師の証言が取れれば、全部分かる。が……」

「が？」

「相当に、えげつねえぞ。覚悟しろ」

「……っす」

車へ戻り、天はシオンを膝に乗せ替えて助手席に座った。スマホの画面を見ながら、カーナビに次の目的地をセットするが、その場所を不思議に思った奏斗が、ぽろりとこぼす。

「あれ？　これって学校の住所じゃなくないっすか」

「ああ。先にハナの実家行ってみようと思ってんだ」

「なんで知って……てか、そこまで追っていいもんですか」

アクセルを踏む奏斗の頭の中では『個人情報』という単語がチカチカ光っている。しかし天は悪びれもせず、肩を竦（すく）めた。

「学生課でちょちょっとな。普通はやらねえ。けど今回は問題が根深いのと……ほっとくとおそらく犠牲者が出る」

ナビに導かれてハンドル操作をする奏斗は、思わずブレーキを踏みそうになった。

「犠牲者って」

「ハナが死ぬ」

天の低い声が、奏斗の耳を上滑りしていく。まるで現実味がないが、単語の響きだけは残酷だ。

「大丈夫だ。そうならねえために、こうして動いてんだから」

「っはい」

　胸の奥がぞわりとして、奏斗は大きく身震いをひとつし、アクセルを踏む足に力を込めた。


　羽奈の実家は、こぢんまりとした二階建ての民家だった。ブロック塀に囲まれていて、玄関先には紫陽花（あじさい）などが植えられている。

　インターホンを鳴らすと、すぐに「はい」と女性の声がした。

「ハナさんの同級生です。近くまで来たので寄らせてもらいました」

　天は適当に言う。しかし怪しむことなく、中年の女性がガラガラと玄関の引き戸を開けて出てきた。その女性は羽奈に雰囲気がよく似ていた。

　軒先（のきさき）で傘を畳み、天は軽くお辞儀をしてから、努めて明るい声で話を始める。

「大学で一緒なんですけど、最近元気がないから、心配で……力になりたくて話を聞かせてもらえたらと思っているんです」

「まあ。どうぞあがって？」

「ああいえ、次の予定がありますからここで。なんか最近のハナさん、様子がおかしいんですよ」

「そうなのね……あの子また、別人みたいになっちゃってるのかしら」

　ぐっと天の二の腕の筋肉が盛り上がる。傘を差したままそれを斜め後ろから見ていた奏斗は、拳を握り込んだせいだと気づいた。

「はい。中学の時にも同じことが、と聞きました」

「そうなの……ええ、辛いことがあるとね……あの子、そうなるみたい。転校して、お医者様に通って、よくなったと思ったんだけど」

　羽奈の母は、エプロンの裾（すそ）を無意識に握りしめている。過去の辛いことを思い出させてしまった、と奏斗の胸は痛くなった。

「そうだったんですね。でも大丈夫です。今は、こうして側に友人がいますから」

「ありがとう。辛いことも、全部抱え込んじゃう子なの。無理しないで帰ってらっしゃいって、伝えてくれるかしら。あの子、私が言っても全然聞かないの。どうか、よろしくね」

「はい。お話聞けてよかったです。俺らのことは——姿が消えたら、忘れろ」

　くるりと踵（きびす）を返した天が歩き出したので、奏斗も黙って従う。

「え。……あら？」

　羽奈の母親が首を捻りながら玄関をガラガラと閉めるのを、奏斗は傘の中から横目で確かめた。目を覚ましたシオンが、天の肩の上で猫の姿のままぽつりと放つ。

「人格解離(かいり)」

「じんかく？　……それって」

「その子きっと、人格がふたつに分かれてるんだ」

颯のことも、階段から落ちたことも忘れている。北食堂で奏斗が会った時も、まるで初対面扱いだった。体の線が、二重にぶれて見えるのは。奏斗の頭の中のパズルのピースが、かちんかちんとはまっていく気がした。

「つまり二重人格ってことか！」

「おお。間違いねえな」

「ねえ、天。二重人格なら色々合点(がてん)がいくよ。なんで被害が軽く済んでたのか」

「なるほどな！　……シオン連れて来て正解だった」

硬い表情で車に乗り込みながら、天が頷く。

「人格解離(かいり)の原因が、中学にある。すぐそこだから、口で道案内するわ」

奏斗はハンドルを握って車を動かすが、興奮で手がぶるぶる震える。それを見た天が、そっと奏斗の肩を撫でた。

「落ち着け。全部分かってから、ちゃんと説明するから。な？」

「っ……はい！」

車で数分走ると、校舎がひとつだけの中学校が見えてきた。規模が小さく、生徒は百名いるかいないかだろう。

校門は広く開け放たれていて、入ってすぐがロータリーになっている。右側に駐車場があったので、そこの『来客用』と立て看板があった場所へ車を停めた。このご時世、校門が開きっぱなしなことに奏斗が驚いていると、どこからか生徒の歓声が聞こえる。何かの行事中なのかもしれない。

「さあて、行くか」

車を降りて助手席の扉を閉めた天が、シオンを肩に乗せ歩き出す。

職員用駐車場からすぐ、職員用玄関が見えた。そこから入ると、左脇に受付用の小窓がある。

「すみません～。ちょっとお話を伺いたくて……」

奏斗は、声を発する天の耳の上の部分が赤いことに気がついた。軽く神通力(じんつうりき)を使っているのかもしれないと察し、天の背後に隠れるようにして立つ。

職員用靴箱の周辺には、『廊下を走らない』『みんな仲良く』『あいさつしよう』など、標語ポスターが貼られている。雨のせいか、湿気とゴムのような匂いが合わさって、独特の空気だ。中学にほとんど通っていなかった奏斗は、特に懐かしさも感じない。中学とはこんな感じだっただろうか、と冷めた目で眺めていると、パタパタと廊下に響く足音が近づいてきた。

「お待たせしました、塚本と申します」

グレーのジャケットに黒いパンツ姿で、黒髪を肩の上で切りそろえた女性教師が駆け寄ってきて、ぺこりと頭を下げた。三十代後半ぐらいだろうか、教師らしい落ち着いた雰囲気だ。

「塚本先生。わざわざすみません」

天が軽く頭を下げると、塚本は輝くような笑顔で言った。

「いいえ！　颯君の活躍、私もとっても嬉しくて。ずーっと応援しているんですよ！」

（颯？　羽奈のことじゃなく？）

疑問に思ったものの、奏斗は気配を消すことに集中する。

「そうなんですね。詳しく、聞かせてください」

天が仁王立ちの姿勢のまま両手を腹の前で組むと、周辺の音が消えた気がした。静寂の中で、塚本の興奮気味な呼吸音だけが響いている。

「勉強もスポーツも万能で、さらにあのルックスでしょう！　読者モデルなんて、まだまだ序の口。これからもっともっと有名になる子ですよ‼」

あの優しい性格で、競争の厳しい世界を渡っていけるのだろうか、と奏斗は心の中で疑問に思う。整った見た目だけでなくバイタリティも必要そうな業界だが、颯は少し接しただけでも、それとは縁がなさそうに思えたからだ。

「元担任として非常に誇りに思っています。私のことをとっても慕ってくれていて。私個人宛に、SNSの投稿を通じて隠しメッセージをくれるんですよ！」

（投稿を通じて？）とまたしても奏斗は首を傾げる。颯から塚本の話を聞いたことがないことから察するに、ただの投稿を自分宛と思い込んでいるとしか思えない。天も同様のようで、首を傾げながら塚本に問いかけた。

「隠しメッセージ？」

「はい！　私も最初は気づいてなかったんですが、同僚の酒井先生が教えてくれたんです。暗号になってるって！　こっそり私だけに」

「へえ。率先してハナを排除したあなたを、そんな慕いますかねえ」

「え？　ハナ？　そんな生徒、知りませんが」

（颯の同級生なのに、知らない？　分からないとか覚えてないとかではなく？）

そんな奏斗の疑問へは、すぐに天が神通力で応えた。

大きく息を吸い、ゆっくりと吐きながら「思い出せ」と塚本へ迫る天の背中は、力が込められているため盛り上がっている。

真正面から神通力を受けた塚本は、ぐらぐらと体を左右に揺すった。頭を前後に振る。思い出したくない、と葛藤しているように見えた。

「ハヤテに似つかわしくない。だったか」

天の言葉を聞いた瞬間、奏斗は殺気立った。それを察してか、シオンが天の肩から奏斗の肩へ飛び移り、落ち着かせるように頬へ身をすり寄せる。その柔らかさと温かさに、ささくれ立った心が少しだけ慰められる。

天は、淡々と言葉を続けた。

「ハナとハヤテは、幼馴染(おさななじみ)で仲睦まじかったはず。そんなふたりを、お前は教師の立場を利用して引き裂いた」

「っ……そうよ！」

塚本はたまらないとばかりに叫んだ後で、忌々(いまいま)しげに眉を吊り上げ、反吐(へど)が出ると言わんばかりに口元を歪めた。

「当然でしょ、あんなブス！」

地を這うような声を発する塚本は、先ほどまでとは様相がまるで違う。

天はそれに、静かに対峙している。

「中学生なんざ、きっかけ次第でそりゃあえげつねえことをする。ハナは、四方八方からいじめられた。靴は隠され、泥水を浴びせられ、ノートや教科書は破かれ——ひどい時には集団で殴られたり蹴られたり」

「当然よ。未来ある生徒のためなんだから！　あの子に関わると、みんなおかしくなる。あたしは、みんなのためを思って！」

恍惚(こうこつ)とした表情の塚本に対して、天はやれやれと溜息を吐く。

「教師が主犯じゃ、絶望のあまり人格も分離するだろうよ」

怒りのあまり、奏斗の目の前が真っ赤に染まった。

いつだって身勝手な大人が、子どもを傷つける。そしてそれをねじ曲げ、あたかも正義のように正当化する。今までの自分が思い出され、わなわなと拳が震えてくる。

別の人格を作りたくなるほどのひどいことを、生徒を守るべき教師が率先して行っていた。そんな事実に打ちのめされる思いをしている奏斗を、またしても耳触りのよい見知らぬ男の声が誘(いざな)う。

『ウクックック。いいねえ。そんなやつ、喰らってしまえばいいんだよ』

腹の底から、際限なく食欲が湧き、ぎゅるるると腹が鳴る。口内に唾液があふれ、強烈な飢餓に襲われる。

「カナト、落ち着いて」

「なんだよ、それ……」

耳元でシオンの焦る声がするが、奏斗の怒りは収まらず、怒気が空気を震わせるようだ。その肩にいるシオンは、猫の姿のまま警告を発した。

「天！　限界だっ」

「ああ、分かってる」

天はもう一度大きく息を吸い込み、ゆっくりふううと吐き出す。その風で塚本の髪が大きく乱れ、表情が見えなくなった。

「生徒のためなんかじゃねえ。あんたは、惚れた男を他の女に取られたくなかっただけだ」

それから天は体の前で何度か指印を結び、最後に手刀で空を切る仕草をする。

「ハヤテへの情念を切ってやった。せめて……やり直せ」

「あ、あ……」

すると塚本の両眼から光が失われ、体から力が抜ける。床にゴンと両膝を突いた塚本は、放心状態のまま宙に視線をやっていた。

「行くぞ、カナト」

天は無慈悲にそれを見捨て、振り返り出口へ歩き出す。すると、奏斗の耳へ周囲の音が戻ってきた。はしゃぐ生徒の声やチャイムの音に、廊下を行き来する足音。それでも、奏斗に理性は戻らない。

「いやだ、こんなやつ！」

だが、足を止めずに天は言う。

「カナト。あいつを裁ける人間がいるとしたら、俺らじゃない。ハナだ」

「けど！」

怒りで震える奏斗の肩にいたシオンが、無言で飛び上がったかと思うとくるんと空中で回転し、地面にしゅたんと降り立った。人の姿に変わっている。

「封」

そう言いながら少年姿のシオンは背伸びをし、奏斗の頬を右手でべしっと叩くようにして、何かの紙を貼った。

「あだっ」

貼られたと同時にみるみる奏斗の食欲はなくなっていき、怒りの気持ちも収まっていく。

「あれ？　あ？　なんすか、これ」

頬に貼られた紙を指さしながら奏斗が尋ねると、シオンがやれやれと肩を竦ませた。

「あ〜よかった、念のため持ってきておいて。カナト、光晴に感謝しなね」

「え？」

「それ、お札。特別なヤツでめちゃくちゃ高いの。落ち着くまでしばらく貼っておいて。光晴がお小遣いで用意してるやつなんだからね。さ、行くよ！」

ぷんぷん怒りながら歩き出すシオンは、人の姿をしているのに、尾が二本生えている。シオンを慌てて追いかけ外へ一歩出たところで、いつの間にか雨が上がっていたのに気づいた。

「えっと、わかりましたけど……尻尾出てます……」

「げえ！　もー、疲れちゃったよー」

あえて明るい声を出すシオンのおかげで、奏斗の気持ちがようやく切り替わった。

「すんません……あ」

ふらふらと無言で先を歩いていた天の膝から、力が抜ける。

「天さん！」

奏斗がダッシュで駆け寄って崩れかけた上体を受け止める。肩を組むようにして支えると、天は「わりぃ」と苦笑した。

「ちーっと使いすぎた。でも足りたから、大丈夫だ。車乗ったら、説明する」

「……はい。すみません、俺、全然役に立てなくて」

むしろ、怒りでシオンの手を煩わせてしまったと落ち込む奏斗へ、天は笑いかける。

「何言ってんだ。すげえ助かったぞ。カナトがいなかったら、俺は思い切り力、使えねんだからな」

「……そんなの」

「俺のほうこそ、悪かった。昔のこと思い出して、辛かっただろ」

助手席に乗り込みながら、天は奏斗をバツが悪そうに見上げる。

「全然っすよ！」

「ならいいけどよ。あー、疲れたな。全部片付いたら、みんなで温泉でも行こうぜ。あ、その前に焼き肉だったか」

天の優しい言葉が、奏斗の心に沁みていく。同時に、もっと役に立てたらよかった、という後悔が襲ってくる。車の運転も、天の体を支えることも、誰にでもできることで、それぐらいしかできない自分が情けなかった。

奏斗は唇を噛みしめながらシートベルトを締め、アクセルを踏みこんだ。

三人は、先ほど車を停めた道の駅に立ち寄り、それぞれ飲み物や軽食を買って、車の中で食べながら話をすることにした。ちなみに、奏斗の頬に張ったお札は、軽食を買いに行く前に外した。

後部座席にいるシオンは鮭おにぎりを一口かじり、ミネラルウォーターをぐびっと飲んでから、おもむろに口を開いた。

「つづらに入ってたのは、おそらく涅槃香と呼ばれるものだと思う」

「ねはんこう？」

奏斗には当然、聞き覚えがない。

　一方で天は「聞いたことないか？　いい香りに誘（いざな）われてフラフラしてたら、駅のホームから線路に飛び込むところだった、とかな」となんでもないことのように言いながら、唐揚げを頬張る。

「そんなん、めちゃくちゃ怖いじゃないすか」

　幕の内弁当をつつく奏斗の箸の動きが止まったのを見計らって、シオンが背後から厚焼き玉子を奪う。あまりの素早い動きに、呆気に取られた奏斗は抗議するのを忘れた。

　シオンは、しれっと話を続ける。

「うまっ。んぐ。そうそう、涅槃（ねはん）っていうのはね、全ての煩悩の火が吹き消された悟りの境地のことなんだけど。人間にとっては、生きるための火が吹き消されたということでもある。つまりは、死ぬこと。涅槃香（ねはんこう）は、天の言う通り『死へ誘（いざな）う香り』なんだよ」

「香り嗅いだら、死ぬってことすか？」

「そ」

　あまりに簡単に肯定するシオンに、奏斗は口を開けたまま固まった。

「香木（こうぼく）ってぇのは、ずいぶん古い時代から使ってるもんだからな。外道丸とあの世で添い遂げようとした誰かが、つづらに仕込んだ可能性はある」

「ええと……それをなんで羽奈さんが？　もしかして……鬼の仕業っすか」

羽奈から感じた『懐かしさ』は、自分の鬼の血に関係があるのか、と奏斗は恐れている。

だが天は、ふたつめの唐揚げを頬張りながら、あっけらかんと否定した。

「酒呑童子は首塚に封印されてるから、現世に干渉できんはずだ。俺が見るに、ハナはこの神社に縁結びを願いに来てる。その時につづらを見つけて、開けた」

あからさまに奏斗はホッとしてから、羽奈の願いを想像してみる。

「えーと、颯と結ばれるため？」

「いいや」

「違うんすか？」

奏斗は盛大に首を傾げる。それを見た天は、頷きながら言った。

「ハナはハヤテの幸せを願った」

「……自分のじゃなくて、ですか」

「ああ。だがそんなハナが、なぜかつづらを開けて体に香を宿すことになった。香りに誘われたのか、あやかしの仕業なのかは分からん」

「待ってください。ってことは、羽奈さんの中に涅槃香があって、その香りを嗅ぐと死にたくなるってことすか？　確かにすげぇいい香りでした。でも」

疑問を持った奏斗が口を挟むと、シオンが補足する。

「そう、誰も死んでない。ハナは涅槃香(ねはんこう)の力を弱めるために、人格をふたつに分けたんだ。いじめを忘れるってより、大半の理由はそっち。人格を分けるってことは、体の中に入った香の力も半分に弱まるから、周りを死なせずに済むってこと」

ぱくりと玉子焼きをもう一度ひったくって、シオンは続ける。

「でも効果が弱まってるだけでなくなったわけではないから、その香りを嗅いだ人は煩悩を吐き出すようになる。それが『周りがおかしくなる』っていう現象の原因」

「煩悩を、吐き出す……！」

完全に、奏斗の箸の動きが止まった。天はサンドイッチをかじりながら、話を引き継ぐ。

「おう。煩悩ってのは三毒とも言われててな。簡単に言うと、欲と怒りと愚かさだ。人間ってやつはまさに、煩悩まみれだよなぁ」

奏斗の脳裏に、ヒステリックに怒る女子学生たちが思い出される。そして、奏斗自身にあれほど激しい食欲が湧くのも、納得できた。ただ分からないこともまだあった。

「えっと……それと颯はどう関係するんです？」

「そらお前、恋心だろ」

ぽん、と放り投げられた天の言葉の意味が、奏斗には分からない。

そんな奏斗をよそに、軽食を食べ終えたシオンが猫のように手の甲で顔をこすってから、うーんと伸びをした。

「カナトにそれは難しいよ、天。……まあ恋なんてそれこそ、欲の塊。ハナがハヤテを好きだと思うほど、涅槃香が強く香るんだ」

まだ腑に落ちない様子の奏斗に、天がお茶のペットボトルを差し出す。受け取ってごくりと飲むと、苦味で少し気分が落ち着いた。

「だからハナは、『ハヤテのことを知らない別の人格』を表に出すことでハヤテへの好意を減らし、涅槃香の効果を薄れさせて、誰も死なせなかったんだなぁ。ところどころ覚えてないってのは、人格が入れ替わってたってこったろ」

「そんなん……辛いっすね」

奏斗は羽奈に思いを馳せる。奏斗も母親のことを忘れたくてたまらないが、できずにいる。だから少しだけ、羽奈の気持ちが分かった。理性ではどうにもならない心があることは、理解できる。

「でも、どうしたらいいんですか。羽奈さんに植え付けられた涅槃香は取れないんですよね？」

「……とにかく事情は分かったんだ。戻って、ハナに会ってから考えよう」

◇

翌日の月曜日。旅行から帰ってきた奏斗が、いつも通り大学での一日の講義を終えた後で目にしたのは、掲示板に貼り出された颯の処分に関する通達だった。

「てい、がく？」

そこには、無期の停学処分に処すと書かれている。実質、自主退学勧告だ。驚愕のあまり固まっていた奏斗は、ハッと我に返り颯へ電話した。

『奏斗くん？』

今度は電話に出てくれたことに安心する。

「颯！　今、どこだ」

『北食堂』

「すぐ行く」

通話を切って走り出す背中を、悪い予感が駆け抜ける。

北食堂には、わずか二分ほどで着いた。念のため天へ『北食堂で颯に会う』とメッセージを送っておく。

「久しぶり、だね」

　相変わらず人気のない北食堂に、颯はひとりでいた。目は落ちくぼみ、隈が目立つ。華奢な肩のラインは、ますます細くなっている。

　とても大丈夫ではないだろうと思いつつ、奏斗は声をかける。

「大丈夫か？」

「はは……見た？」

　停学通知のことだろう。奏斗は頷きながら「なぜあんなことに？」と尋ねた。

「奏斗くんもいたよね、カフェテリアのとこ」

「羽奈さんが階段から落ちた時か」

「うん。あれを遠くから誰かが撮ってて、ＳＮＳに動画を載せたみたいなんだ。……そしたら、僕が殺人しようとしていたって、週末に炎上してさ」

「はあ⁉」

　奏斗はＳＮＳアカウントこそ持ってはいるが、流行りのものに興味がなく基本的には便利屋での仕事でしか使わないため、全く知らなかった。

「角度によってはそう見えるかもだけど。なんか、手がつけられないぐらい拡散されちゃって」

　力なく笑う颯は、今にも存在自体消えそうだ。

「でもあの処分については、動画が本当かどうかとかじゃなくて、大学を騒がせたことが問題なんだって。一応今から抗議はしてみようかなって思ってる」

「そんなん、おかしいだろ！」

近くにいた学生たちは、天の『人心掌握（じんしんしょうあく）』によって事故として納得していたはずだ、と奏斗には疑念が湧き起こる。遠くからたまたま撮影していた誰かが、有名人である颯を面白おかしく非難したとしても、全く納得ができない。

「なんでそれで颯が処分受けるんだよ！　広めた奴が悪いだろ！」

「そうだよね。ま、幸い僕以外はちゃんと映ってないし」

「なんっだそれ！　悪意しか感じねえぞ」

奏斗は憤り、颯は力なく肩を落とす。

「うん……よくあるんだよ、全然知らない人に、彼女盗（と）られたとか、おまえのせいでフラれたとかで絡まれたり。あと勝手に『自分が彼女だ』って言い触らされたり。……疲れる」

「くっだんねえ」

塚本だけでなく、颯との間に勝手な関係性を見出す人間がたくさんいたことに、奏斗は嫌悪しか感じない。そんな奏斗の今にも吐きそうな顔を見た颯が、くすくす笑う。

「ありがと。奏斗くんが自分のことみたいに怒ってくれたの、嬉しいよ」

「そうかよ……なら抗議の後で依頼の件話そう。だから頑張れ」

「え！　分かったの⁉」

「おう」

ぐ、と颯は下唇を噛みしめた。

「そっか……んじゃ報酬払うよ」

言いながら颯がトートバッグから財布を取り出したので、奏斗は慌てて止める。

「いや話聞いてからにしろって」

「ううん、先に受け取ってほしいんだ。けじめだから。お願い」

颯の強い意志に、奏斗はそれ以上抵抗できなかった。

「……わかった。その代わり、管理棟までついてく。待ってるからな。俺にできることがあったら、言ってくれ」

「はは。責任感強いんだね」

ようやく颯の表情が和らいだので、奏斗も肩の力を抜く。

「見た目と違って。だろ？」

「あはは」

そうしてふたりは北食堂から出て、管理棟へ向かった。

夕方のキャンパスは講義を終えた学生たちで賑わっている。サークル活動や友人との雑談、バイト時間までの暇つぶし。

そんな人混みの中を歩く颯に、注目する学生は多い。ひそひそと「見た？」「やばいよね」と聞こえてくる。

奏斗は、あえて周囲を態度で威嚇しながら歩く。奏斗が睨むと視線を逸らすが、通り過ぎたのを見計らってまた様子を窺う気配がする。

「あ～あ～。どいつもこいつも。ろくに知りもしねえくせによ」

黒マスクの中で呟く奏斗の悪態は周囲には届かないが、颯の耳には入ったようだ。

「ふふ。奏斗くんて、ガラ悪いね」

「見たまんまだろ」

「あはは、確かに！」

吹っ切れたように笑う颯は、おそらくなんらかの覚悟をしているのだろうと奏斗は見てとった。

北食堂から管理棟へは、中央カフェテリアを通る。当然人の数も多く、今の颯にとってそこを通るのは非常に勇気がいることだろう。それでも踏み出す足に躊躇いがないことに、奏斗は内心驚いていた。心優しい性格だが、芯が通っている。だから読者モデルとして人気があるのか、と理解した。

すると、奏斗の目に羽奈の姿が飛び込んできた。思いつめた顔をしている。

「羽奈さん⁉」

「羽奈……」

「あの！　あなたが停学になったの、私のせいってみんなが言ってて！　ほんとですかっ⁉」

　真面目な羽奈のことだ、たとえ颯のことを忘れていようと、自分が発端だと周囲から責められれば、黙っていられないだろう。

　だが、場所が悪い。夕方のカフェテリアには、講義を終えてくつろぐたくさんの学生たちがいるからだ。案の定「えっ」「なになに」「炎上してるやつじゃね？」と皆がスマホのカメラを向けだす。

「違うよ」

　ところが、颯は毅然と否定した。

「ああやって勝手に撮って、勝手に拡散する人たちのせいだよ。目の前で僕が死んでも、きっと笑うんだよね」

「あの……？」

「おい、颯？」

　訝しげな奏斗と羽奈を置き去りにして、颯は人混みの多い場所へ歩いて近づいていく。誰へ向けるでもない心情を、すらすらと吐露しながら。

「羽奈はいつだって優しい。自分が苦しくても、他人を思いやる。僕の見た目なんかじゃなく、中身を見てくれる。だから好きになった。ずっと、好きだった。そんな僕の気持ちを否定されたり、同情だって決めつけられたりするのがもう――耐えられない」

無言で戸惑う羽奈を、颯は優しい顔で振り返る。

「いいんだよ、忘れてて。辛いことばかりだもんね。でも君からはいつも……いい香りがするなあ」

ぞわり、と奏斗の全身の毛が逆立った。

颯が肩に掛けたトートバッグからゆっくり取り出したのは、果物ナイフだ。カバーのない状態で、どんよりとした空の下でもその刃を光らせる。

おそらく彼がこれからやろうとしているのは――死の抗議。

颯は逆手に持ったナイフを大きく振りかぶる。奏斗が止めるよりも先に、羽奈が叫んだ。

「ああああああああああああああっ‼」

同時に、濃い紫の霧のようなものが、羽奈の全身から弾けるように噴き出した。花のようないい香りが、あっという間に周囲へ広がっていく。視界を奪われ、そして理性を奪われる。

「涅槃香っ！」

目の前が見えなくなった奏斗を、再び猛烈な食欲が襲う。バッと片腕を上げて自分の口を塞ぐように押さえるが、とめどもなく唾液があふれてくる。

その時、再び耳触りのいい男の声が聞こえてきた。

『ウクックック。喰らってしまえよ』

「誰だ、てめえ」

『欲に、素直になれよ』

「うるせえっ！」

涅槃香と思われる濃い紫の霧に目が慣れてくると、周りの学生たちが近くの人間を殴ったり、覆いかぶさったり、ケタケタ笑い出したりしているのが分かった。

颯はナイフを振り上げたまま、ぼうっとしている。羽奈は両手で頭を抱えて、イヤイヤというように頭を左右に振っている。

奏斗はパニックに陥っていた。正常な判断力を失っている自覚があり、下手に動けない。

「くそ！　どうすりゃいいんだっ」

「カナトっ」

そこへ、作業服姿の天が走り込んできた。素早く颯の手首を掴み、ナイフを奪いながら叫ぶ。

「わりい、今日に限ってスマホ忘れて、って言ってる場合じゃねえなあ！」

「天さん……」

なんという間の悪さ、と笑う余裕すら今の奏斗にはない。襲ってくる飢餓感に抗（あらが）うのに精いっぱいだからだ。気を抜けば、誰彼構わず喰ってしまいそうになるほどだ。必死に自分の腕を噛んで耐える。

天はナイフを投げ捨て放心状態の颯へ注意を向けつつ、羽団扇（はうちわ）を取り出し、持ち手をぎりぎりと握りしめた。

「だー！　いよいよ心中ってか！　予想よりだいぶん早ぇ……今強引に悪鬼折伏（あっきしゃくぶく）したら、ハナが犠牲になっちまう！」

天狗は悪鬼や呪いを打ち破る力を持っており、それを使えば涅槃香（ねはんこう）を祓（はら）うことは可能だろう。ただシオンが言うには、力を植え付けられた人間はあやかしになっていくため、羽奈ごと祓（はら）うことになりかねない。

歯噛みする天の目の前で、羽奈は笑った。目からは涙があふれている。

「ころ、して」

その背後には、苦しみでのたうち回ったり、快楽で恍惚（こうこつ）としたり、他人の腕に噛みついたり髪の毛をわし掴みにしたりする人間たちの姿。まさに地獄の真ん中で微笑む菩薩のようだと思いながら、奏斗は極限まで減った空腹に耐え切れず、両手で腹を抱えた。あまりの空腹に前のめりになり、ダラダラと唾液を垂れ流す。

　やがてゆっくりと、羽奈の姿がふたつに分かれていく。ひとりは泣き、ひとりは笑う。並んで立つふたりは、手を繋いでいる。

「『ころして』」

　繋いだ手を前に差し出し、広げて見せる手のひらには、木彫りの蓮の花が一輪生えている。茎は、それぞれの手首にぐるぐると巻きついていて、根は見えないが体内にあるようだ。

「それが、涅槃香かっ」

　天の問いに、羽奈たちは黙って頷く。

「ちくしょう、根深い！　涅槃香だけを祓うってのは、やっぱ無理か！」

　葛藤する天の横で、奏斗の理性は今にも焼き切れそうになっていた。何を見ても、何を聞いても、抱くのは飢餓感のみ。

　そしてついに、欲が勝った。

「ぐるるるあああ」

「カナト⁉」

　奏斗は黒マスクを自ら取り払う。口には鋭い牙が現れ、口角も顎も、あふれる唾液で濡れている。

「あっちもこっちもかよっ」

ひとりで焦る天を横目に、羽奈が奏斗へゆっくりと近づいてくる。

「「くらって」」

「があああぁ」

「カナト！」

羽団扇(はうちわ)を左手に持ち替えた天が、羽奈に喰いかかりそうな奏斗の二の腕を、右手で掴む。だが、一瞬で振り払われた。

「っおいおい、こちとら巨岩すら持ち上げる大天狗様の怪力だぞこら！」

悪態をつく天が、今度は奏斗の背後から片腕を首に回して羽交い絞めにした。だが唾液のせいで滑って拘束が緩くなり、その隙に奏斗は天の腕から抜け出し、羽奈へと襲い掛かった。

ふたりの羽奈のうち、笑っているほうの羽奈が、笑みを湛(たた)えたまま奏斗を迎えるようにして、両腕を広げた。

「待て、カナト！」

「大丈夫」

羽奈は穏やかに微笑んだまま、天を止める。

「鬼に喰われたなら、満足。涅槃へ行くのはわたしだけだ」

奏斗の牙がその首に突き立つと、笑顔の羽奈の姿は半透明になる。

「おまえは……」

「鬼を愛して狂った女の、なれの果てだ。でも、この子の綺麗で美しい恋心に、救われた」

「やっぱりおまえが、カナトを誘ってたのか」

「ああ。ありがとう、大天狗。見守ってくれて……鬼を誘って、すまなかっ……」

そう言い残し、笑顔の羽奈はやがて消える。そしてパキンと割れた涅槃香の片割れが地面に落ちた。

もうひとりの羽奈がどさりと地面に倒れるのを確認した天は、苦渋の表情で欠片を拾うと作業服のポケットに突っ込み、しっかりとファスナーを締める。

ちょうどそのタイミングで、奏斗が意識を取り戻した。

「あれ……？　俺……」

呆然と立っている奏斗の後頭部を、天は遠慮なくバシンと叩く。

「正気に戻りやがれ、カナト」

バッと天を振り返る奏斗の目には、理性の光が戻っていた。

「ったく。今からこの場の全員、涅槃香の効果を『折伏』してから『人心掌握』するぞ。つまり俺はぶっ倒れる。そしたら、そこのハヤテとハナも、まとめて持って店に戻れ。わかったか」

天が放り投げた車のキーを宙で掴み取ると、奏斗は力強く頷いた。天はそれを確認して一度頷くと、羽団扇を大きく振りかぶり無造作に一度だけ扇ぐ。

すると一帯に立ち込めていた濃い紫の霧が晴れていき、ぎょろりとした目で赤い顔、高い鼻の天狗が現れる。

なぜか作業服姿のその怪異は、朗々と響き渡る声で、歌う。

「憎しみに、妬みに、欲。いまいまの苦行は、一切合切、忘るるがよい」

音の波動が、天を中心として扇状に広がっていくのが奏斗にも分かった。

(これが、神通力！)

あれほど様子のおかしかった学生たちが、きょとりとした顔で我に返ったかと思うと「あれ、転んだ？」「待って、怪我してる」「髪の毛ボッサボサなんだけど！」と騒ぎ始める。

完全に視界が戻ったところで、奏斗の隣にいた巨体がぐらりと揺れた。

「もー無理だぜー」

「天さんっ」

気絶した天を受け止めた奏斗は、急いでリュックサックを降ろし肩ひもを最大限に伸ばす。天を片手で支えつつ、数歩先に倒れていた颯を背負い、その上からリュックを背負っておんぶ紐の要領で固定する。それから天を左腕一本で肩に担ぎ上げ、同じくうつ伏せの羽奈を右脇に抱えた。

ひとりで三人を一気に運ぶという離れ業は、怪力である奏斗にしかできないだろう。場が混乱している間に、なるべく人目を避けた道を通り、職員用駐車場へ走って向かう。これほどの力を使ったにもかかわらず、不思議と腹は減らなかった。

奏斗の胸にあるのは、罪悪感だ。

青い軽バンの助手席に気絶している天、後部座席には、同じく颯と羽奈を詰め込みアクセルを踏む。

「……俺、羽奈さんを喰った……？」

そんな気がする、いやまさか、を繰り返しながら、奏斗は『便利屋ブルーヘブン』へ向かってハンドルを切った。

事態がようやく落ち着いた、土曜日のねこしょカフェ。
猫や古書を楽しむ客で賑わう店内の奥まった場所には、会話が漏れない工夫がされ

ている、密談仕様のシオン専用ブースがある。

重厚な樫のテーブルの上にはクラシックな百合の形の卓上ランプが載っており、赤いベルベット素材のカバーがかけられた椅子は座り心地がいい。

「お札を定期的に交換すれば、大丈夫だからね」

その四人掛けテーブルの一番入り口側にシオンが座り、その隣には奏斗、向かいの席に颯と羽奈が並んで座っていた。

「はい」

素直に返事をする羽奈の体には、まだ涅槃香が半分残っている。天の持ち帰った欠片をシオンが研究し、普段はお札で効果を抑え、ゆっくりと封印を施していくことになった。

羽奈が隣の颯に顔を向けると、それを合図に、ふたりはそろって頭を下げた。

「ありがとうございました」

「本当に、みなさんのおかげです」

颯たちの背後にあるカウンターへ腰かけている天は、首だけで振り返ってそれを眺めている。

あれから、颯の所属事務所がSNSの虚偽拡散について声明を出したことで、事態は一気に収束へ向かった。

無断で颯を撮影した動画を削除するよう呼びかけ、無断掲載には顧問弁護士が、いたずらに個人情報を拡散させたとして情報開示請求に動いた。裁判を恐れた学生が自ら名乗り出て、颯の意志で和解し、大学側は被害者である颯に安易な停学処分を下したことで、世間から大バッシングを受けている。

颯は、これをきっかけにネットリテラシーを身につけようと誠実に呼びかけたことで、逆にファンが増えたとたくましく笑っていた。

颯は自殺を図ろうとしたが、天の『折伏（しゃくぶく）』によりその時のことは忘れた。一方で——

「いえいえ。でもあの……羽奈さん、記憶取り戻したって……大丈夫ですか」

奏斗が表層の人格を喰らったことで羽奈の人格はひとつになり、記憶を取り戻していた。彼女が中学で受けた壮絶ないじめを知っている奏斗は、心配でいっぱいだった。

しかし羽奈は一度颯を見てから、顔を綻ばせる。

「大丈夫です。颯くんが、ふたりで乗り越えようって言ってくれたので」

「はい。大切にします」

「わあ！　まるでプロポーズみたいだねえ」

「おふたり、お似合いっすもんね」

奏斗がシオンに同意すると、ふたりは頬を赤く染めた。

「ありがとう。そう言ってくれるの、奏斗さんだけ」

「そっすか？」

「だって、私ってほらその、見た目が」

「あー。真面目そうっすもんね。モデルの彼女さんって感じではないか」

照れ笑いする羽奈の一方で、颯は半目で奏斗を見据える。

「ちょっと奏斗くん。まさか羽奈のこと、気に入ってる？」

「は？」

「いくら奏斗くんでも、ダメだからね」

ずいっと真顔で迫ってくる颯に、奏斗は思わずのけぞる。

「いやいやいや」

「は？　いや？　羽奈のどこがいやなわけ？」

「うーわ。颯って結構やべえやつだった。薄々気づいてたけど」

ニヤニヤしながら言う奏斗に、颯がさらに迫る。

「どういう意味⁉」

「あはは！　奏斗さんて、面白い」

「そすか？　面白いって初めて言われたっすね」

「ふふ。敬語やめませんか。お友達ですし。ね？」

楽しそうに笑う羽奈に言われた奏斗は、素直にそれを受け止めることができた。

「おー。友達も初めてできた」

「ちょっと！　……僕が奏斗くんの初めての友達でしょ！」

そうしてムキになる颯のことも、笑って受け入れられることに内心喜びつつ、奏斗はからかう。

「うわ、まじでめんどくせぇやつだ。こんなんでいいの、羽奈さん」

「えーっと、たぶん？」

その後、初めて友人と笑い合うという経験をして、奏斗の心は温かくなった。


話の尽きないテーブルを背にして、天は光晴の淹れたコーヒーの味を楽しんでいる。

「みっちー。封印札ありがとな。助かったぜぇ」

「いえいえ……それより天さん。奏斗くんにあれが効いたってことは、鬼の力が強まっているってことです。気をつけてあげなくちゃ」

カウンター内でグラスやカップを磨きながら、光晴は天に苦言を呈した。

「わーってるさ」

だが天は、ニヤケ顔でそれを受け止めるだけだ。

「それにしても、涅槃香なんていったい誰が仕掛けたんだろう？　……酒呑童子は封じられているはずなのに」

「酒呑を慕ってるのなんて、うじゃうじゃいるだろ」

「そうですけど。でももし奴が復活してたら」

「みっちー。あいつを引き取った時点で、俺は色々覚悟してるぞ。それに、あいつなら大丈夫さ」

天の口調は穏やかな分、凄みがある。光晴は、思わず身震いした。

「そうですけど。誰がつづらを開けさせたのか、天さんでも見えなかったんです？」

「ああ。そこだけ闇の中だった」

つまり、天狗の神通力が効かないほどの相手ということになる。脅威を感じた光晴が黙ると、天は眉尻を下げた。

「だーから。心配いらねって言ってんだろ」

「っ、でも！　……そう、ですか」

光晴は大きく息を吐いて気持ちを切り替えると、カウンターの中からちらりと羽奈の背中を見やった。

「それにしても、羽奈さん……颯くんと偶然の再会、ではないですよね？」

「ああ。因果なのか縁なのか、それとも誘ったか。いいじゃねえの。どんだけ忘れようとしたって、人の想いは強い」

垣間見える大天狗の懐の深さに、光晴は到底敵わないとばかりに肩を竦(すく)める。

「そうですね。情念に勝るものはないって、——崇徳院(すとくいん)が一番よく知ってるか」

「そういうこった。ってその名前呼ぶんじゃねえよ、安倍(あべの)」

光晴は、その台詞(せりふ)にいたずらっぽく微笑み返すだけだ。

「コーヒー、ごちそうさん」

よっと、と椅子から降りると、天は「おーいカナト、そろそろ仕事だぞー」と背後のテーブルを振り返った。

商店街のアーケードの下。仲睦まじく歩いて帰る颯と羽奈を見送る天が、ぼそりと呟く。

「人間ってぇのは、いいねぇ」

それを聞いた奏斗は、俯(うつむ)いた。

「そう……すかね」

「悪いとこばーっかり見てたら、キリねえけどよ。ああやって、心から人を好きになれるのは、すげえ。だろ？」

奏斗はまだ同意できそうにない。代わりに、尋ねる。

「……天さんは、人間、好きっすか？」

「もちろんよ！　カナトのことも好きだぜぇ〜？」

がばりと横から肩を抱かれたので、とりあえず「うっざ」と反射で返す。

（んじゃ、俺が人間じゃなかったら？）

余裕で三人の大人を運べる怪力に、とてつもない食欲。自分はやはり鬼なのではないか、だとしたらここにいてはいけないのではないか、という不安が頭をよぎる。

居場所の次に、友達ができた。大切なものができるたびに、怖くなるのはなぜだろうか。

天は、そんな奏斗の気持ちを知ってか知らずか、肩を抱いたままぐいっと歩き出した。

「さて、裏のばあさん家の雨戸の修理。行くぞーぅ」

「わかりましたから。放してください」

「っかー！　冷ってぇな〜」

依頼されたのは、便利屋から徒歩五分の場所にある、常連の老婆の家だ。ご主人に先立たれているため、何かと便利屋ブルーヘブンに雑用を頼んでいる。

小雨の降る庭先で、ふいに奏斗の鼻腔を甘い香りが掠（かす）め、身構える。こんもりとした庭木の青い枝葉に、白い花がたくさん咲いているのが目に入る。

「クチナシだよ。可愛いだろ」

　老婆が笑顔を浮かべ、腰を折ったまま縁側に出てくる。同時に奏斗の腹がぎゅるるるると盛大に鳴った。

「おやまあ、おやつでも食べるかい？」

「いいねえ。そんでちゃっちゃと直して、焼肉食い放題行こうぜ」

「……っす」

（せめて、捨てられないようにまじめに働くしか、俺にはできない）

　雨戸下のレールに溜まった埃を丁寧にブラシでこすり始める奏斗を、天は優しい目で眺めている。

「どーしたら、信じてくれんのかねぇ」

「え？」

「なんでもねーよ。あ。そこになんか挟まってるな？」

「ほんとだ。持ち上げてみますか」

「おう」

　重たい雨戸を軽々持ち上げる奏斗を、まんじゅうと冷たい麦茶の入ったグラスを載せたお盆を持った老婆が、ニコニコ眺めている。

「やっぱりカナちゃんは、すごいねえ！」

「だろぉ？」

「はは。お役に立てて、嬉しいっす」

奏斗はここにいたいから、真面目に働いている。でもそれだけではない。こうして人助けになる便利屋の仕事が、好きだと思った。

第三章　階層ジレンマ

梅雨が明け本格的な夏が始まった、七月の中旬。

都心から某沿線で約三十分の駅近にある、ノスタルジックなアーケード商店街。

そこに店を構えている小さな『便利屋ブルーヘブン』には、台風のような依頼が舞い込んでいた。

依頼主は、麻耶という二十六歳の女性だ。

キャラメルブラウンに染めたロングヘアは丁寧に巻いてあり、ノースリーブのシャツワンピースの上からは透け素材のカーディガンを羽織っている。都内の大手企業勤務という、いかにも『働き女子』といった見た目だ。その麻耶が、必死の形相で天に迫っていた。

「高校からの友人との食事会に、彼氏役が必要なの！」

「いやあの、この店には俺かコイツしかいねえし」

眉尻を大きく下げた天が、人差し指で自分と奏斗を交互に差す。

片や身長百九十二センチ。赤くて癖のある長髪で、ガタイのいいニヤケ顔。首と二の腕にはタトゥー入り。

もう一方は身長百八十二センチ。耳には軟骨に至るまでピアスが並び、長めの金髪を後頭部で団子状に結び脇を刈り上げた、目つきの悪い大学生。

麻耶は、ふたりを何度も何度も見比べてから叫ぶように言う。

「いい人、探してきて！　できるだけ高スペックな人ね！」

「えぇ……」

天は、麻耶の勢いにたじたじだ。

一方の奏斗は、関わりたくないとばかりに、店の奥で存在感を消して立っている。

「高スペックってちなみに……？」

恐る恐る聞く天の態度が、奏斗にはおかしくてたまらない。『大天狗』は妖怪の頂点だぞ、高スペックだろ、と心の中でツッコんで、吹き出しそうになる。

「身長は百七十五、できれば百八十超えで、スタイルよくて高学歴」

「うん。そこまではカナトだな」

「は？」

（やっべえ、声出しちゃった）

ぎろりと麻耶に横目で睨まれたので、奏斗は慌てて両手を挙げて降参のポーズをする。いえいいえ滅相もございません、の意思表示だ。

「……誠実そうな見た目で、仕事できる。それから高収入！」

「んじゃ違うか～」

「違う！」

ふたりに全面否定されても傷つかないのはなぜだろう、と奏斗は必死に苦笑を我慢する。

「んなのいねぇよ、無理だってぇ～」

「どんな依頼も断らない。でしょ⁉」

痛いところを突かれた天は、ぼりぼりと後頭部を手でかく。

「はあぁ。ま、手は尽くしてみるけどよ……」

「お願い！　食事会、今週土曜の夜だから！　じゃ！」

そうして嵐のように店を去っていく麻耶の背中を見送った奏斗は、ようやく脱力することができた。

「天さん、どうします？」

「どうするっつったって、なあ……あーあ。ショウの愚痴なんざ、聞かなきゃよかったい！」

「っすねー」

「うーわ。冷てぇな」

ジト目の天狗が、恨み言を吐き出しながらねずみ色の事務机に突っ伏したので、奏斗は仕方なく冷たい麦茶を入れてやることにした。

天が名前を出した翔というのは、同じアーケード商店街に店を構える洋菓子店の、二代目パティシエだ。二十六歳でサーフィンが趣味で、常にこんがり日焼けをしている爽やかな見た目は、ご近所マダムたちに人気である。

その翔が、ある日奏斗のバイト先の居酒屋で酔い潰れていたのだ。念のため奏斗が天に迎えを頼み、天が翔に話を聞くと「高校の頃から付き合ってた彼女にフラれた」という愚痴が始まった。

翔がフラれた彼女というのが、今便利屋を訪れていた麻耶だ。

「翔さんは、なんて?」

奏斗が差し出すグラスを受け取りながら、天は上体を起こす。

「うーん。別れたのは仕方ないけど、なんか気になるから様子見てほしい、だとよ」

「っすね。麻耶さん……あやかしの気配しましたよね」

「おぉ？　気づいたか。やるねぇ」

にやりと八重歯を見せて褒めてくる大天狗を見て、奏斗は呆れたようにふうと息を吐く。

「さすがに気づきますよ。で、どうします？　高スペック彼氏」

「ひとり、心当たりがいるなあ」

「同じく。今日たまたま日曜だし、行ってみます？　ねこしょカフェ」

天はグラスの麦茶をぐびっと飲み干すと、立ち上がった。

「ぜってぇ断られる予感しかしねえけど、行くか」

そうして、ふたりは足早にいつものところへ向かうことにした。


日曜日のねこしょカフェは、猫を楽しむ客で賑わっている。代わりに、奥の古書スペースはそれほどでもない。喧騒の中で本を読むような物好きは、あまりいないのだろう。

だからか、日曜日この場所にいるのは大体がオーナーである環か、猫又のシオン。もしくは――

「やっぱいた。よー、ニカミ」

「っすねー、ちわっす」

「ん？　こんにちは。天さん、奏斗くん。どうかした？」

二神蒼（にかみそう）という常連のサラリーマンだけだ。

身長百八十センチに、手足の長いすらりとした体躯。大企業の営業職ということもあり、常に清潔感を忘れず耳の上の髪は軽く刈り上げ、髭もニキビもない、二十八歳の男性だ。

鼻筋が高く彫りの深い顔立ちは、すれ違う女性たちが必ず振り返るほど整っている。そんな二神の目当ては、光晴と共にカウンターの中で働いている蓮花だ。

蓮花は、ねこしょカフェの二階に住んでいる退魔師で、二神とはある会社でのあやかし退治を請け負った際、職場の同僚として出会ったと聞いている。

一方的に蓮花に惚れた二神は、毎週日曜ほぼ欠かさずねこしょカフェを訪れる、自他ともに認める蓮花のストーカーとなっている。ちなみに、全く相手にされていない。

「いらっしゃい」

明るく声をかける光晴の隣で、長いストレートの黒髪を後ろで結んだ蓮花が、訝しげな表情を浮かべた。

「どうしたんだ、ふたりそろって」

「レンカぁ。ちーっと困ったことになってよー。聞いてくれえ」

しなだれかかるようにカウンターへ腰かける天に、蓮花は絶対零度の視線を向ける。

「いやだ」

「冷てえ！」

いつものごとく冷たくあしらわれている天を横目に、奏斗は二神の脇に立ち、勇気を出して話しかける。挨拶を交わすぐらいで、きちんと話したことはなかった相手。

それでも便利屋の危機だ、と気持ちを奮い立たせる。

「……あの！　もしよければなんですけど。二神さんに頼みたいことがあるんす」

「僕、ですか？」

読んでいた本を閉じて顔を上げた二神は、戸惑いつつ奏斗の説明を聞き始める。しかし最後まで聞くと、申し訳なさそうに首を横に振った。

「なるほど。すみませんが、それはお請けできません」

「そう、ですよね……蓮花さんに誤解されちゃいますもんね」

奏斗がフォローのつもりで言うと、二神は悲しそうな顔をして、再び首を横に振る。

「それはないですね。フリだけでも嫌だなって思っただけです」

二神は頭を抱えると、テーブルに突っ伏した。ガシャン、と跳ねたカップがソーサーとぶつかる。奏斗は慌てて、食器を安全な場所までずらした。

「ああ～！　自分で言ったくせに、ダメージがっ……ううう」

「す、すみませんっ」

普段の紳士的な二神らしからぬ振る舞いに、奏斗は慌ててしまう。無駄に落ち込ませてしまった、どう声をかけようかと迷っていると、二神の背中に銀毛で琥珀（こはく）色の瞳の猫がタシッと飛び乗った。その尾は、二本ある。

「あ、シオンさん」

「なあん」

奏斗に返事をした後に、シオンは二神の頬に身をすり寄せる。

「にゃうにゃん〜」

気にするなと言っているシオンを、二神は慣れた手つきで抱きながら上体を起こした。

「はあ……ありがとうございます……」

二神がシオンと親しげに触れ合っていて、奏斗は驚いた。

「え？　いつの間にそんな仲良くなったんすか？」

奏斗の問いに、二神はシオンを持ち上げて腹のあたりを吸いながら、もそもそと答える。

「出張先に高級メロンケーキ屋さんがありましてね……行くたびに買う約束してまして……」

「あーっ、そうなんすね……なるほど」

シオンが食いしん坊なのは、奏斗も知っている。特に、スイーツには目がない。

「断っちゃってすみません、奏斗くん」

「いえいえ！　俺のほうこそ、いきなりすみませんでした！」

「とんでもない。いつも一生懸命な奏斗くんを、手伝いたい気持ちはあるんですよ。

他のことなら、いくらでも喜んで協力しますから」

二神がそう言ってくれると思っていなかった奏斗は、「嬉しいっす！」と顔を綻ばせた。

とはいえ便利屋ブルーヘブン、最大の危機である。開業以降初めて、依頼を断ろうとしているのだ。

「しゃあねえ。断るかあ」

カウンターに片肘を突く天が唸っているのを見て、奏斗も同じように唸る。

「でも天さん。依頼は全部受けるってのが、うちのモットーっすよ」

「そうだけどよぉ」

「じゃあ、僕ならどうでしょうか？」

三人のものとは違う別の人物の声が聞こえて、天と奏斗はそろってぎゅいんと首を巡らせる。視線の先には光晴が立っている。いつの間にか、カウンターの中から出てきていたようだ。

「みっちー！　……でもよ」

「天さん、知ってるでしょ。僕が元エリートサラリーマンだって」

アピールのためか、普段はあまり見ないドヤ顔で言い放つ光晴の言葉を聞いて、奏斗は目を見開いた。

「えっ！」

こんなゆるふわなのに？　というセリフをかろうじて呑み込んだ奏斗に向かって、二神が補足した。

「あ～、みっちーさん元M商事って言ってましたね。僕のところより、はるかにすごいですよ。エリート中のエリート」

「まじすかっ！　すげえ」

驚きと尊敬の表情で奏斗は光晴を見る。熱い視線を受けたせいか、光晴は頬を赤く染めて照れた。

「大したことないよ、すぐ辞めちゃったし」

「みっちー、言っとくけどなぁ、そのぉ」

なぜか煮え切らない天に、光晴はこほんと大きく咳払いをしてから、向き直る。

「察するに、ろくでもない依頼なんでしょ？　そういうの、慣れてますから」

「そういう問題じゃねーよ」

「お困りなんでしょう？」

ずい、と一歩天に迫る光晴は、笑顔だが押しが強い。

「お前が傷つくのは、もう見たくねえ」

「傷つかないですよ。仕事ですから。僕自身じゃない」

光晴がこんなに芯の強い人だとは思っていなかった、と奏斗は感心した。と同時に、そんなすごい会社に勤めていたのに、なぜ辞めてしまったのか、と疑問に思う。まだ知らないことのほうが多いのが、少し寂しくもあった。

「ああでも高身長、ではないなあ。百七十四センチじゃ、微妙ですよね？」

するとニ神が肩にシオンを乗せたまま、光晴に尋ねた。

「みっちーさん、足何センチです？」

「ん？　二十七センチ」

「僕二十八なんで。中敷き入れて厚め靴下なら、いけるかな。ソールがごつくて、高さ三センチの靴あります」

「じゃあそれ履いたら大丈夫だね！　どうですか天さん」

光晴が天に向き直りじっと見つめると、天は降参とばかりに両手を万歳した。

「わーった。頼む。スーツまだ持ってるか？」

「はい。何着か」

「んじゃ今度の土曜日。スーツでうちの店来てくれ。夕方五時な」

「はい」

「んなああん！」

「わかってるってえシオン。なるべく厄介事にはさせねえよ」

天は眉尻を下げて落ち着かせるようにシオンへ言う。しかし、どうだか、という顔をして、シオンはぷいっと二神の肩から飛び降りて行ってしまった。

約束の土曜日。麻耶は、アップヘアにロング丈のワンピースでやってきた。いかにもデートという装いに、奏斗はつくづく光晴がいてよかったと思う。自分がこの隣に立つところは、全く想像ができなかった。

「見つかりましたか⁉」

鬼気迫る表情で詰め寄る麻耶の勢いに押されて、天が手振りだけで光晴を店内へ招く。

「はじめまして、麻耶さん」

麻耶は光晴を見るなり、真っ赤になってびしりと固まった。

「みっ⁉」

「み？　……えっと、ミツハルと申します。今はカフェ店員ですが、元M商事の社員です。お役に立てますでしょうか」

念のため偽名を名乗った光晴は、細身で夏生地のダークグレーのスーツを着ていた。

ライトブルーのシャツにはイエロー地に細かい水色ドットのネクタイを合わせている。素材からして高級なのが分かるよい仕立てで、オシャレなエリートサラリーマンに見える。

足元は、二神に借りた濃いブラウンのダブルモンクストラップの革靴。確かにソールがごつく、いつもより光晴の目線が高い。少し伸びた襟足は丁寧に整えられていて、長めの髪を後ろに流すヘアスタイル。優しげな垂れ目で、普段は少し幼く見える顔が、今はただひたすらに『さわやか』である。

天はその姿を見るなり「化けやがった」と笑ったし、奏斗は「カッコイイっす！」と素直に褒めた。

上から下まで何度も首を動かして見続ける麻耶に、さすがにどうしたものかと光晴が苦笑していると、麻耶は興奮した口調で迫った。

「あ、あ、あの！　か、彼女さんとかはその！　だいじょぶですか！　怒らないですか！」

「大丈夫ですよ。いないです」

さらりと答えた光晴に、麻耶はあからさまに安心した顔を向け、がばりと大きくお辞儀をする。

「ではぜひ！　お願いしたいです！」

「お眼鏡にかなってよかったです。よろしくお願いします」

「こちらこそ！」

ホッと胸を撫でおろした奏斗が、ねずみ色の事務机へ麻耶を案内する。

「じゃあ、麻耶さん。これ、注文書になります。説明するんでこちらに座ってください」

「はいっ」

その隙に、天が気遣う。

「みっちーお前、ほんとに大丈夫か？」

「……ええ。彼女、あやかしの気配がしますね。僕が対応して正解だと思いますよ」

表情を引き締める光晴の言葉を聞いて、天は口をへの字にした。

「シオンにすっげえ怒られた。みっちー巻き込むなって」

「ええ？　相変わらず過保護だなあ。僕が助けになりたいだけなのに」

「はー。とにかく、無理すんなよ」

「天さんって、優しいですよね」

光晴が天に笑顔を向けると、んなこたねえよ、と天は後頭部をがりがり掻く。

「いやーな予感がすんだよなあ」

「はい、僕もです」

注文書への署名を終えた麻耶が、気合いを入れた様子で光晴を振り返る。

「んじゃ、行きましょうか！」

光晴はそれを柔らかな笑顔で受けながら、提案した。

「はい。天さんが車で送ってくれるそうです。車内で打ち合わせしませんか？」

「打ち合わせ？」

きょとりとする麻耶の背後から、奏斗が言う。

「彼氏なら、出会いはどうのとかって設定がいるでしょ」

「あ！　そっかぁ……必死すぎて忘れてた……」

たちまち落ち込む麻耶に、光晴が手を差し伸べる。

「あまりベタベタできませんし、『お付き合いしたて』がいいですよね。手を繋ぐくらいはお許しください」

「ひえええええはあいいいいい」

麻耶がまた真っ赤になりつつ手を取るのを、奏斗は複雑な気持ちで眺めていた。元カレの翔とは十年近く恋人だったはずなのに、あっという間に次へ行けるものだろうか、と自分の母親を思い出して苦い気持ちになる。

それを見透かしたのか、天が横からがばりと肩を抱いて軽口を叩いた。

「はっは！　気にすんなカナト。ありゃあ、アイドルとかと同じ扱いだ。『推し』ってやつだな」

「アイドル？　……推し⁉」

「ショウの元カノが、ねこしょカフェ知らないわけないだろ。みっちーのファン、多いらしいぜぇ」

奏斗は天狗から『推し』『元カノ』という単語が出てきたことに、思わず目をぱちくりさせてしまった。

「俗世に詳しいすね、天さん」

「ぶは！　そういうおめぇは古風だなあ」

からかわれてイラっとした奏斗は、天の腕を力ずくで外しながら悪態をつく。

「……チャラ天狗」

「いでっ。ああ⁉」

結局、車に乗っても天と奏斗が険悪な雰囲気だったので、麻耶と光晴だけで打ち合わせをし、行きつけのカフェで知り合った、ということになったのだった。

食事会が青山にある邸宅風レストランで、さらにフレンチのフルコースと聞いて、天と奏斗は店内に入るのを即座に諦めた。代わりに、光晴のスマホを通話状態のままにする。

便利屋の車は見られたら何を言われるか分からないので、店から離れたコインパーキングに停めて待機することにし、何かあれば天が神通力である『縮地』で駆けつける前提で、光晴は場に臨んだ。

奏斗のスマホをスピーカーとミュートにして車のボンネットに置くこと、二時間半。終始光晴のキャリアや年収に対する同席者のマウントだったり、高級車やリゾートの話、麻耶の見た目のダメ出しだったりが続いており、奏斗はこの食事会のいったい何が楽しいのかと思った。

お開きになり解散の合図をスマホ越しに聞いて、中身のないコミュニケーションは、全く興味のない講義を聞かされるよりも苦痛だった、と奏斗が肩を揉んでいると、ふたりが帰ってきた。

「ふー。どんな商談よりも、難しかったです」

「ほんっと不快なことばかり、すみませんでした」

戻ってきた光晴たちを出迎えた天と奏斗が、後部座席のドアを開けて乗るよう促すと、疲れ切った表情のふたりは素直に乗り込んだ。

「本当に助かりました、ありがとうございました」

座席に座るなり頭を下げて礼を言う麻耶に対して、光晴がネクタイを緩めながら答える。

「いえいえどういたしまして。梨乃さん、でしたっけ。高校からの同級生だから、あ
あいった距離感なんでしょうか？　結構辛辣でしたね」

「ええ……お恥ずかしいですが、いつもああやって何かと小言をもらうんです」

肩を竦めた麻耶に、天が苦笑する。

「小言ってレベルかぁ？」

「やっぱり、おかしいですよね……最近は本当に怖いくらいで……だから必死で彼氏役をお願いしたんです。翔と別れたんなら、梨乃の選んだ人と付き合えって言われてて」

麻耶の説明で、ようやく奏斗は先ほどまでの会話が腑に落ちた。

「あー、だからみっちーさんがトイレに立った時、騙されてるに決まってるとか、別れろとか言ってたんですね」

ナプキンに隠して椅子へ置いていった光晴のスマホからは、耳が腐り落ちるぐらいの罵詈雑言が聞こえていた。顔をしかめ続けていたからか、奏斗の眉間の辺りはかなり凝っていて、親指と人差し指で揉みほぐす。

「はい……私、梨乃からすると頼りないみたいで……本当に、ミツハルさんには申し訳なかったです。嫌な思いをさせてしまって」

「いえいえ、僕は気にしていません。麻耶さんの彼氏役としての厳しい条件をクリア

できて、光栄に思っていますよ」

「ひぃ！　恐れ多い！」

真っ赤な顔で拝む麻耶を、前へ向き直った奏斗はバックミラー越しに眺める。何を拝んでいるのかは、さっぱり分からない。

便利屋に向かってハンドルを切る天は、穏やかだが有無を言わせない口調で麻耶に問いかけた。

「にしてもだなあ。笑いながら他人を罵倒する芸当なんざ、聞いてるだけで胸糞悪かったぜえ。よく耐えてんな、マヤ。会社でもあんなんか？」

「うっ」

拝むポーズのまま、麻耶は息を詰めて固まった。

「大体、たかだか食事すんのにパートナー同伴強制で、いないなら誰か紹介するってえ、俺からしてもイカレてる。マヤが俺らに依頼したかったのは、代役だけじゃないだろ。違うか？」

麻耶が目を見開いたまま沈黙したので、皆は辛抱強く彼女の次の言葉を待った。

「……すみません。私……どうしたらいいのか分からなくって。その……知り合いからブルーヘブンのことを聞いてたから、頼ってみようかなって」

知り合い、というのは翔のことだろうと奏斗にも分かった。

ぷるぷると肩を震わせる麻耶をミラー越しに見た天が、これ以上ないぐらいに優しい声音を発する。

「おう、頼れ。この際全部、吐き出しちまえよ。うちの便利屋は、お客さんに寄り添うのがモットーだかんな」

奏斗が、助手席からまた首だけで後ろを振り返り、それを後押しした。

「守秘義務も、あるっすよ！」

「うん。僕も今は便利屋さんですからね」

光晴がその発言に便乗したところで、麻耶の涙腺が決壊した。

翌日の日曜日。

ランチを食べようとねこしょカフェを訪れた天と奏斗は、店内奥にあるシオン専用ブースで、なぜか蓮花と向かい合って座っていた。

「潜入？　マヤの会社にか」

渋い顔で腕組みをする天に、蓮花は鋭い目つきで対峙している。その後、蓮花の説明を聞いた天は、椅子の背もたれに肘をかけ、背後のカウンターを振り返った。

「……おい、みっちー」

「そう睨まないでよ、天さん。ほんとに僕も知らなかったんだってば」

光晴の肩には猫のシオンが乗っていて、琥珀色の目を細めて天を睨み返している。

奏斗は頭の中で『天狗VS猫又』を想像して、ぶるりと震えた。

蓮花は深く溜息を吐くと、天に対してもう一度念を押す。

「天。光晴さんは、本当に何も知らなかった。私が請けたのは別ルートからだ」

「依頼内容はなんだ」

それを聞いた天は、テーブルの上に片肘を乗せ、ずいっと蓮花に迫る。ところが、蓮花はつれない。

「言うわけがないだろう。守秘義務だ」

「ちっ。俺も潜入するかんな」

「邪魔をするな」

「ああ⁉ こっちはこっちで依頼受けてんだっつの」

「ふんっ」

同じテーブルに着いている奏斗は、ずっと恐ろしくて震えている。大天狗と退魔師の口論を平気で聞ける人がいたらぜひ教えてほしい、と思いながら。

(あ。あっちにいた)

斜め後ろのテーブル席で、二神が手に書物を持ちつつ、蓮花の背中に目が釘付けになっているのが見えた。こんなに怖いやり取りなのにうっとりできる余裕があるのならば、ぜひ席を替わってほしいと思っていると「カナト」と不意に天に話しかけられた。

「んっ⁉　は、はい？」

「おめえはどうする」

ぴりぴりした天の様子に、なぜか奏斗は安心する。いつも泰然としていて、悪く言えばのらりくらり、暖簾に腕押し。そんな天が感情をむき出しにしているのが、人間みたいに思えるからだ。

だから奏斗も、わざと拗ねたり八つ当たりしたりする時がある。いわば試し行為の自覚はあるものの、天がやめろと言うまではいいかと思っている。

「それなんすけどね。俺の大学、一年からインターンシップ行っていいんすよ」

「いんたーんしっぷ？」

「就業体験ってやつっすね。夏休みに入ってからでもよければ、単位と給料もらえるんで。それで行けたら嬉しいっす」

奏斗は、天が用務員として大学に潜入したように、自分も麻耶の会社へ潜入できるのではないかと考えた。しかも依頼の調査ができるだけでなく、単位も時給ももらえる、一石三鳥である。

するとと背後から、「いいねえそれ」と声がした。天と奏斗が振り返ると、いつの間にかにやにや笑って立っている環がいた。

「げ！　おたま」

「おたまさん」

煙管(キセル)を片手に――ねこしょカフェは禁煙なので、裏に吸いに行く途中なのだろう――ふたりの背後へ近づくと、環は遠慮なく奏斗の頭をわしゃわしゃ撫でた。

「可愛いカナトのためだ。話は通しておくよ」

「かわい⁉　あ、ありがとございます……」

戸惑う奏斗を目を細めて見つめてから、環は蓮花へも一声かけた。

「蓮花。協力しな」

「……はい」

素直に返事をする蓮花に満足したのか、環は煙管(キセル)の吸い口を軽く噛むと、スタスタと立ち去った。

「っかー、相変わらずおっかねえ。……だってよ、レンカ？　よろしくなぁ」

「ふん。仕方ない」

「蓮花さん、ご迷惑おかけしないようにしますんで。よろしくお願いします」

「奏斗なら大丈夫だ。インターンなら同僚になるな。私は派遣社員として働くから、よろしく」

「うす！」

奏斗は頷いて答えたが、蓮花の向こうから二神が羨ましそうに見てきたので、「サラリーマンの心得、聞いてきます」とそそくさと二神の向かいへ移動する。

「二神さん。俺、会社で働くの初めてなんで。相談乗ってくれたら嬉しいです」

「もちろんだよ！」

快諾してくれた二神に、奏斗はスマホを差し出し、メッセージアプリのアカウントを交換した。それから、こそりと囁く。

「……ついでに、蓮花さんの様子も、送れたら送りますね」

「はうっ！　いやっあの、それは嬉しいけどその、蓮花さんが嫌がるなら」

「わかりました。じゃあ許可が取れたらにします」

ぶんぶんと首を縦に振る二神を、恋愛にポンコツで可愛らしいと奏斗は思った。

おそらく蓮花も、拒絶しているわけではないだろう。本気で二神のことが嫌なら、とっくに店から叩き出しているに違いないからだ。奏斗は、いつかふたりがうまくいくことを願い、後押しできることはないか密かに考えたりしている。

背後の様子をそっと窺うと、まだ天と蓮花の攻防は続いていた。

「おいレンカ。俺とカナトで態度違いすぎるだろぉ⁉」

「当たり前だろうが」

「ちったあ俺にも優しくしろってぇ」

「退魔師が妖怪と馴れ合ってどうする」

「そうだけ――いやいや俺様大天狗よ？　場所によっちゃあ神様って言われてっし、神社とかあるんだっつの」

「信じがたいな」

蓮花の切れ味鋭いツッコミに我慢しきれなくなって、奏斗はついに噴いてしまった。

「ぶっふ」

「おいぃ！　笑うなってぇ、カナトぉ！」

たちまち絡んでくる天の態度に、奏斗は嬉しくなる。

――こんな風に他人との距離をひとつひとつ確かめてしまう奏斗を、天はどんな風に思っているだろうか。いつも聞けずにいる。

麻耶の働く会社は、都内のビジネス街にある高層複合タワーのワンフロアにあった。地下一階から地上三階までが商業施設で、その上が全てオフィススペースになっていて、そのビルの十階だ。

オフィスのエントランスは、貸与されたＩＤカードをカードリーダーにかざしてキーロックを解除するタイプのため、外部の人間はエレベーターホール隣接の応接スペース、もしくは来客用会議室までしか入ることはできない。

奏斗は環のコネを使い、夏休みの短期インターンシップ生として無事採用された。大学への届け出も、たまたま提携企業だったため拍子抜けするぐらいスムーズで、終了後レポートを出せば一単位になる、と学生課での説明を受けている。

ピアスを外し、髪も髪染めスプレーで一時的に黒くしてから出社した奏斗に与えられた席は、麻耶たちが勤務する営業課の隣の部署である財務課だ。パーテーションから顔を上げて辺りを見回し、麻耶や蓮花が見える位置なのを確認し、よかったと胸を撫でおろした。

蓮花は、短期派遣の営業アシスタントとして奏斗の一週間前から就業している。一方の天は、清掃業者として奏斗と同じ日から潜入することになっていた。どこにいるだろうかとオフィス内を目だけで探すと、ちょうどつなぎ姿に帽子を目深にかぶった天が、掃除道具の入ったカートを押しながら通路を歩いていた。

奏斗は財務課の社員たちに自己紹介を終えると、天が歩いていった方向へ向かってみる。廊下に出てすぐの給湯室で姿を見つけて、辺りに人がいないことを確かめてから小声で話しかけた。

「ずいぶんデカイ掃除屋っすね」

「目立つかぁ？」

「はい」

がさごそとゴミ箱のゴミを回収しながら、天は笑う。

「大丈夫だぜぇ。ここのやつら、清掃業者を人間と思ってねえから」

「え⁉」

「すれ違いザマ挨拶したって、見向きもしねえ。そんなもんさ」

「……」

奏斗にとっては、ショックな『社会経験』である。

「ほら戻れ。初日からサボってるって言われるぞぉ」

「……はい」

天に促され、自販機で水を買ってから机に戻ると、早速いくつかの書類が置かれていた。

貸与されたノートパソコンはB5サイズで、有線マウスが接続されている。使い勝手が悪そうだったが、文句は言っていられない。

付与されたアカウントでログインしてメールを確認すると、五日間のカリキュラムが届いていた。どうやら月曜日と火曜日はこの資料を基にプレゼン資料を作成すればいいらしい。

(依頼と、単位。それから、給料)

まずは与えられた課題をきっちりこなそう、と奏斗は気合いを入れ直し、早速文書アプリを起動した。

「すみません」

作業に集中していた奏斗だったが、突然声をかけられ、ノートパソコンの画面から顔を上げた。いつの間にか机の横に見知らぬ女性が立っていた。白いリボンタイのブラウスに薄いピンク色のフレアスカート姿で、清楚な印象を覚える。その女性は笑顔を浮かべると、奏斗へクリアファイルを差し出した。

「インターンの方ですよね。こちら、交通費の申請書です。記入後総務課へご提出いただけますでしょうか」

「ありがとうございます」

書類が挟まっているのを見た奏斗は、未だに電子じゃないのかと首を捻りつつも、素直に受け取る。とその時、フロア中の男性がこちらに注目しているのに気づいた。全員の視線がこの女性に集まっている。

(なんだ?)

「私、総務課の日野絵麻です」

「……青井奏斗、です」

「青井さん。どうぞよろしくお願いします」

「こちらこそ、お願いします」

頭を下げた奏斗に微笑みを返すと、女性——日野はくるりと背を向けて去っていった。背中まである毛先が巻かれた明るめな茶色のロングヘアが、歩くたびにふわふわと揺れるのを、奏斗もなぜか目でじっと追いかけてしまう。

日野の姿が見えなくなると、周囲の男性社員たちから、感嘆の息が漏れた。

「はあぁ～綺麗だなぁ～」

「相変わらず、目の保養」

「いいなあ、話しかけてもらえて」

反応に困った奏斗は、とりあえず愛想笑いを浮かべてぺこりとお辞儀をしておく。

日野という女性の美貌は、奏斗の目に入っていない。その代わり、ぴりりと頬を刺すような違和感が残っていた。

（なんだ……？）

ところが奏斗のそのちょっとした感覚は、隣の部署から聞こえてきたやり取りでかき消されてしまった。

「ちょっと、困るんだよ！　午前中って言っただろ」

明らかに苛立った男性の声が気になり、奏斗がパーテーションの上からそっと向こう側をのぞいてみると、麻耶と中年の男性社員がやり取りしている姿が目に入った。

「えっ……今日中ってお聞きしていましたが」

「はあ？　急いでって言ったよね！」

「……申し訳ありません」

椅子に座る男性に向かって、立っている麻耶が直角に頭を下げる。

「今すぐ。やって」

すると男性は、あろうことか手に持っていた書類を、麻耶の後頭部の上にばしっと載せたのである。

（なんっだあれ！）

奏斗は一瞬で憤ったが、麻耶は大人しく頭に載せられた書類を手で持ち直し、席へ戻っていく。完全なパワハラ案件であるにもかかわらず、周囲はフォローするどころか、ちらちら見ながらクスクスと口角を上げて笑っていた。

心の中で憤慨しつつ周りを見回すが、誰もそれを異常だとは思っていない様子だ。

「ねぇ～、お店の予約してくれたの？」

麻耶の友人であるはずの梨乃も、あからさまに蔑（さげす）むような態度で、麻耶に尋ねている。麻耶はどうするのだろうと思ったら、梨乃にも「すみません、まだです」と頭を下げた。

「つっかえなーい！　早くしてよ」

どう見ても、同僚や友人のやり取りではない。

イライラしつつノートパソコンの画面へ視線を戻すと、右下に小さなウインドウがポップアップしていた。チャットツールを通じて誰かがメッセージを送ってきたのだと気づき、マウスでクリックすると、蓮花からだった。

『落ち着け』

そのメッセージのおかげでなんとか平常心を取り戻した奏斗は、『すみません』と蓮花に返事をする。

それから無事に初日の業務を終えて退勤の準備を始めている最中、再度隣の部署の様子をそっと窺（うかが）うと、麻耶が必死にキーボードを叩いているのが見えた。

その横から、帰り支度を終えた梨乃が、何かの書類を滑らせるようにして麻耶の机に置く。青ざめた顔の麻耶は、唇を噛みしめながらそれを受け取った。奏斗の目には、梨乃が自分の仕事を押し付けているようにしか見えない。「お願いね」と言っているのが口の動きだけでも分かったからだ。

梨乃が向かった先では、絵麻が軽く手を振っていた。月曜日だというのに食事にでも行くのだろうか、背後に営業課の男性を複数名従えている。

その光景を見て奏斗が顔を引き攣らせていると、財務課の男性社員たちが、奏斗の背後で話し始めた。

「いいな~、今日は営業の番かあ」

「俺ら、いつだっけ?」

「来月頭」

それを聞いた奏斗は、思い切って振り向く。

「営業の番って、何かイベントでもあるんすか?」

「食事会。美人を眺めながら食べるご飯って最高だよ」

「必死に眺めすぎて、終わった後ハンパなく疲れるけどな!」

「はは。俺も俺も。あ、君も来たい?」

「……あー。自分の勤務、今週だけなんで」

大学一年生に認められているのは、五日間の短期インターンだけなので、奏斗の勤務は月曜から金曜で終わってしまう。あららと残念そうに男性社員たちは肩を竦めた。

「そっか、それは残念。あ、もう定時過ぎてるし、早く帰りなよ」

「ありがとうございます」

「うん、お疲れ様」

「はい。お先に失礼します」

出口へ向かいながらちらりと麻耶を見ると、休むことなく業務を続けていた。繁忙期でない財務課のゆるやかな雰囲気とは違って、かなり忙しそうだ。しかも営業課の他の人間は食事会のためか、ひとりも残っていない。

たちまち奏斗の胸は痛んだ。

たった五日間では何もできないかもしれないが、できる限りのことをしようと決心しつつ、奏斗はオフィスを出た。

翌日も、朝から不快な出来事がたびたび奏斗の目に入った。資料の製本ミス、見積書の送付漏れ、会議室の予約忘れ。些細（ささい）な不注意だが営業にとっては致命的なミスが、なぜか全て麻耶の責任になっているのだ。

営業課に配属されている人員とアシスタントの数を鑑みても、麻耶に業務が集中しすぎに見える。ところが誰も何も思っていない様子なのが、奏斗にとって不思議でしょうがない。

窓際で営業課の課長と梨乃が雑談をしている姿が頻繁に目に付くし、それに便乗する社員も多い。その間に見積書は送れるし、会議室もオンラインで予約できる。何より、あれほど業務以外のことをしていたら、抜けや漏れが発生するのは当たり前だろう、と学生の奏斗ですら思う。

（イライラしたら、ダメだ）

羽奈たちの件以来、奏斗は怪力を使った後でなくとも、食欲や暴れたい気持ちが湧くようになってしまった。特に感情の振り幅が大きい時で、苛立ちや怒りなどを感じるとより強く湧くのだ。

初めて怪力が出てきた時よりも強い欲で、鬼の力が強まってしまったのかと思うとなんとなく後ろめたく、天にはまだ相談できずにいた。

（落ち着け。我慢だ、我慢）

何度も深呼吸をして、気持ちを落ち着かせる。持参したチョコレートを一欠片口の中に放り込み、ゆっくりと唾液で溶かす。甘さで満たされると、何もしないよりも早く欲が落ち着いていく気がするのだ。

「お疲れ様です」

「っ⁉」

そうしていると、またしても気づかないうちに、奏斗の側に絵麻が立っていた。昨日もそうだったが、声をかけられるまで気配すら感じない。

「お、つかれさまです」

「申請書、書けましたか？」

　小首を傾げて聞いてくる絵麻に、奏斗は人間の生々しさ――温度や匂いなど、存在感といえるもの――を全く感じない。顔立ちの美しさもあって、現実離れしているように思えた。

「はい。わざわざすみません」

　奏斗はガラガラと机の引き出しを開け、記入済の交通費申請書を出す。

「いえいえ。近くに来る用事があったので、ついでです」

　形のいい爪はピンク色に塗られ、細い手首には銀色の腕時計が光っている。白い手の甲と、ぷっくりとした赤い唇、それから――と奏斗は食い入るように絵麻を見つめてしまう自分に戸惑う。

「経理に回覧しておきますね。最終日に現金精算になります」

「はい」

　絵麻と話すうちに、奏斗の頭の中はぼんやりと靄（もや）がかかった感覚を覚えた。すると今度は梨乃が突然姿を現し、奏斗に小声で話しかけてくる。

「青井くん？」

「……はい」

「梨乃の言うこと、聞いてくれる？」

「……はあ」

「ふふ。今日ね、営業から財務に回覧される書類があるの」

「……はあ」

「なくしてくれる？　うふふふ」

「……はあ」

「よかった。今梨乃が言ったこと、忘れてね」

　梨乃はいたずらっぽい笑みを浮かべてそう言うと、絵麻と腕を組むようにして立ち去っていく。ぼんやりとそれを眺めていた奏斗は、ふたりの姿が視界から消えると、一瞬で我に返った。心臓がバクバクと飛び跳ねるよう鼓動している。

（あっぶねえ！）

　光晴からは、できれば本名を名乗るなと言われていた。大学への届け出もあって難しかったが、緊急連絡先の観点から、就業先での苗字を保護者の天のものに変えてもらったのが功を奏した。

（たぶんなんかの術だった！　……ってことは、どっちかが！）

　絵麻か、梨乃。どちらかが蓮花の追っている妖怪かもしれない。奏斗はその後、麻耶の作成した社内稟議書（りんぎしょ）を財務課長の机の上に見つけたが――触らずに置いておいた。

「天さん。思ってた以上にやばいかもっす」

その日の夜。奏斗は閉店後のねこしょカフェのシオン専用ブースで、天と蓮花とシオンとともに夕食を食べていた。背後のカウンターの中では、光晴が洗い物をしている。

「そうだなあ」

危機感を募らせる奏斗とはうってかわって、天はのんびりとホットコーヒーを飲んでいる。実は天狗は食事を取らなくてもいいらしく、天の前にはコーヒー以外何もない。

「絵麻さんか梨乃さん、何かしてますよね？」

奏斗はナポリタンをフォークにぐるぐると巻いて、ばくりと食べた。ケチャップの酸味とピーマンのほどよい苦み、それからハムの塩味が、奏斗の疲労した体に沁み渡っていく気がする。

ねこしょカフェの営業は朝七時から午後三時までだが、疲れているだろうと光晴が気遣って用意してくれたのが、ありがたい。パスタの他に、リーフレタスとパプリカのサラダとオレンジジュースが、目にも彩り鮮やかで食欲をそそる。

「私もそう感じるが、なかなか正体を掴ませないな」

蓮花が、ナポリタンに大量のタバスコとパルメザンチーズを振りかけている。少年の姿をしているシオンがそれを横から見て「うへぇ」と唸る。奏斗には、その「うへぇ」が正体を掴ませないことか、それとも大量のタバスコに対してなのか分からなかった。

むせそうなそのパスタを口いっぱいに頬張りながら、蓮花はさらに続ける。

「私が麻耶さんの仕事を手伝おうとしても、邪魔される。そこまでして排除する理由が、んぐ。分からないな」

「マヤを排除、ねぇ」

天はコーヒーカップをソーサーに置いて、眉間にしわを寄せる。蓮花は、もぐもぐごくん、と口の中のパスタを飲み込むと、次はサラダをフォークでつつく。ドレッシングたっぷりだ。

「しかもその邪魔の仕方に、なんらかの強制力を感じたぞ。奏斗はどうだ?」

「俺は仕事で関わってないんで……でもなんか変な感じはします」

「ふむ。知っての通り、退魔師である私には、ある程度あやかしへの耐性がある。それでも従わなければならないと思わせる、強い力だ。だから依頼者は……」

言いかけてハッと口をつぐむ蓮花に、天が苦笑しながら提案する。

「なあレンカ。もうこの際、情報共有しねえか? この問題、でかいぜぇ」

「おたまも協力しろって言ってたでしょ」

それにはシオンも頷く。カウンターの中から出てきた光晴も後押しするように、水差しピッチャーを片手に蓮花へ向かって頷いてみせ、それぞれのグラスに水を足す。

蓮花は各々を見て、はぁ、と溜息を吐き、口を開いた。

「シオンさんがそう言うなら……分かった。私の依頼は、女のあやかしを滅することだ。精気と財産を吸い取られた男の依頼でな」

「うえええ。俺が一番苦手なやつじゃねえか」

途端に天が、ものすごく嫌そうな顔をする。この発言に、奏斗はいささか驚いた。

「え⁉　天さんでも苦手ってあるんすね。大天狗って最強なのに」

奏斗が呆然としていると、光晴が隣のテーブルから椅子を持ってきて、奏斗のすぐ左横へ座った。そしておかしそうに笑い始めた。

「むかーしむかし。そこの色男は、色々、本当に色々とやらかしましたとさー」

「おい。言うなよ、みっちー」

奏斗は、まじまじと右隣の天の顔を見つめてしまった。きりりとした眉に高い鼻。涼しげな目は一見クールだが、笑うと見える八重歯には不思議な愛嬌がある。

そんな天は口をへの字にして、間近で凝視してくる奏斗の顔面を手のひらでべしんと叩いた。

「いだっ！」

「だーもう、俺のことはいい。続けろレンカ」

天の向かいに座る蓮花は、黙々とサラダを食べていた。

「んぐ……あの会社を数か月前に退職した、男性役員が私の依頼主だ。既婚だったんだが、現金も不動産も全て誰かに貢（みつ）いで、離婚の果てに衰弱し、今は入院生活を余儀なくされている」

「うわ……悲惨すね……」

思わず出てしまった奏斗の言葉を聞いて、蓮花は眉尻を下げる。

「ああ。騙されたんなら、自業自得で済む。だがその男性は『恐ろしい術にかかった気がする』と伝手（つて）をたどって、おたまさんに相談してきた。自分の命はこのままなくなるかもしれないが、あやかしの仕業なら他に犠牲者を出したくないのだと」

「なるほどねえ。おたまが請けそうな依頼だ」

「それって、どういう意味すか？」

首を傾げる奏斗に、天がにやりとしてみせる。

「カナトにも、そのうち分かる」

「そのうち、っすか……」

食事を終えた蓮花は、フォークを置いてから天に質問する。

「で。そっちの依頼はなんだ」

「俺たちの依頼主は、マヤだ。元々、角のケーキ屋んとこのショウからマヤのことを相談されてたんだ。突然別れようと言われてそうしたが、どうにも様子がおかしいってな」

「麻耶さんが。そうだったのか……」

「おう。マヤ自身も色々思い悩んでてな。おまけにあやかしの気配もする。会社に何かあるかもしれねえってことで、潜入したってわけだ」

そこまで聞いた蓮花が、難しい顔をして両腕を組んだ。口の端にはケチャップかタバスコがついていて、奏斗が紙ナプキンを差し出すが、考えごとをしているせいか気づいていない。

奏斗は、それを見てむずむずする。拭いてやりたいが、相手は女性でしかも二神の想い人だ。余計なことはしたらダメだと我慢していると、天がそれを察してククと笑った。

「おい、レンカ。考えごとはいいけどよ。口にケチャップついてるの、カナトが気になってしゃあないってよ」

「むっ」

「げ。いやあの」

「カナトは世話好きだもんな～」

いたずらっぽい笑みを浮かべる天を見た奏斗は、焦って蓮花に言い訳をする。

「あ、あの、すんません……余計なお世話で」

「いやいや、こちらこそすまない」

蓮花は口角を微かに上げてから奏斗から紙ナプキンを受け取り、丁寧に口元を拭う。

そして居住まいを正してから口を開いた。

「私の経験上だが、仕事というのは協力や連携で成り立つもの。一気に人間関係を変え評価を落とし個人を陥れるなど……あからさまな損害を会社に与えたり、降格や減給などの人事発令がない限り、通常では考えにくい。けれど麻耶さんにはそれが行われている。明らかに不自然だ」

すらすらと一定の速度で語る蓮花の口調は冷たい。それに同意するのは、光晴だ。

「僕も、れんちゃんの意見に賛成だな。営業同士で成績勝負をすることはあっても、アシスタント業務をひとりに集中させるだなんて、非効率だしありえないよ。水物の商談だって無数にあるんだから、できる営業なら常にバックアップ体制を意識するはずだし。誰かが休んでたから見積り出せませんでした、じゃ、取れる契約も流れるよ」

流れるように繰り出される仕事の話に圧倒された奏斗は、蓮花と光晴を交互に見やる。

「ふたりとも、仕事できる！　って感じっすね」

素直な奏斗の言葉を聞いて、珍しく蓮花が頬を緩めた。

「そういう奏斗は、褒められてたぞ。たった二日でいい資料を作るって」

「え！　まじすか、蓮花さん」

「ああ」

「二神さんのおかげです。親身にアドバイスしてくれたんすよ」

「二神が？　でもアイデアは奏斗だろう。着眼点もよかったと思うぞ」

「やった、嬉しいっす！」

真面目にプレゼン講義を受けた手ごたえを感じて、奏斗は喜ぶ。それを隣に座る天が、微笑ましく見つめた。

「よかったなぁ、カナト」

「あ、すんません……こんな時に」

「いいじゃねえか。便利屋の依頼なんざ俺がちょちょいとやっとくからよ。カナトはインターンに集中すればいい」

「いやでも」

「むしろ思ったよりやべえやつが絡んでるから、手を出すなって言いたいぐれえなんだ」

にわかに変わった天の声のトーンに驚いて、奏斗と蓮花が目を見開く。同時に先ほどまで談笑していたテーブルが、一気に緊張感に包まれた。

「天？」

シオンが、ごくりと喉を鳴らして天を見つめる。

「俺が感じた気配と、レンカの情報を合わせると、犯人はおそらく女夜叉（おんなやしゃ）の類（たぐい）だな」

「おんなやしゃ？」

首を捻る奏斗に、蓮花が補足する。

「簡単に言うと、女の鬼だ」

「鬼……！」

たちまち動揺する奏斗の肩を、天が隣から慰めるようにぽんぽんと叩く。

「男を貪り女を貶（おとし）め、言葉だけで他人を操るなんざ、まさに鬼の所業だ。レンカの依頼主が女のあやかしって言ってんなら、間違いねえ」

それから天は大きく息を吐いて、話を続ける。

「おそらく、レンカとカナトをもっと強い力で使役しようとしてくるだろう。だが、それには逆らうな」

「え！」

「おい、何を言う」

動揺する奏斗と蓮花を、天が声だけで圧倒する。

「いいか。女夜叉に逆らうと、人間なんざすぐさま命を取られる。それだけ強ぇやつだ。向こうが言葉遊びしたがってんなら、させておけ」

言われたふたりが押し黙った一方、シオンが声を震わせる。

「ねえ天。もしかして」

「みっちー、頼みがある」

「ダメ！」

光晴が返事をする前に、シオンが叫んだ。だが天は、有無を言わせない。

「俺は、みっちーに聞いてんだ」

口を噤（つぐ）んだシオンは泣きそうな顔で天を睨んでいるが、天は光晴を真剣な目つきで見つめている。

「このふたりの命を、俺は守りたい。だから破邪符（はじゃふ）。作ってくれないか」

奏斗の左隣に座る光晴が、眉尻を大きく下げた。

「……今の僕じゃ、うまく作れるか分からないけど」

「光晴！　ダメだよ！」

大きな琥珀（こはく）色の目から涙を一粒ぽろりと落としたシオンを、光晴が痛々しそうな顔で見返す。

「やらせてよ、シオン。黙って見てるなんて、無理だよ」

「っでも」

「大丈夫。強いのは作れないし、まだ気づかれないよ」

優しく諭すような光晴の口調にシオンは耐えられなくなったのか、猫の姿に戻ってテーブルの下をくぐり、光晴の膝に飛び乗った。

「ごめんね、シオン」

光晴はその背を愛おしそうに撫でる。二本の尾をユラユラ揺らしながら、シオンは「んなあああん」と鳴いて背を丸めて伏せた。

「え、と……あの?」

戸惑う奏斗に向かって、光晴はシオンの額をくしくしと撫でながら、穏やかな口調で言う。

「奏斗くんには言ってなかったね。僕、陰陽師でさ、妖怪やあやかしたちにはたーっぷり恨まれてるんだ。でもまだちゃんと力が戻ってないから、万が一のことがあったらってシオンが心配してくれてるんだよ」

「おんみょうじ?　えーと、なんか呪文みたいなの唱えて妖怪を倒す人?」

「そう。それ」

大まかなイメージだけを言葉に出してみた奏斗に、光晴はコクンと頷く。あっさりと肯定された奏斗が天に振り返ると、天は大仰に眉尻を下げた。

「そういうわけで、俺、油断したらみっちーに退治されちゃうのよ」

「そんなこともうしないよ、天さん」

（もう⁉　もうってことは、したことあるってこと⁉）

奏斗は、努めて冷静に皆の顔をぐるりと順番に見つめてみる。

大天狗、退魔師、陰陽師に猫又。まるで妖怪大図鑑だ。どう考えても自分は場違いだし、小さな存在だと思っても、仕方がないだろう。

「ちょっと俺、クラクラしてきました……え、待って。そうなると、いよいよおたまさんってヤバイ気がしますね⁉」

ぶるぶる震えてくる体を自分で抱きしめるように腕を組む奏斗の肩を、隣の天がバシバシ叩く。

「だっはっは！　あいつはなあ。ほんとやべえぞ」

「んもー、天さんたら。変に脅さないの。奏斗くん、大丈夫だから、ね」

爆笑する天と、窘（たしな）める光晴。

光晴の言葉で少しだけ安心を取り戻した奏斗に、オレンジジュースを音を立ててすすった蓮花が追い打ちをかけた。

「おたまさんの『たま』の由来は、環じゃないぞ。玉藻前（たまものまえ）だ」

「たまものまえ？」

それを聞いて、天はニヤニヤして黙り、光晴は眉尻を下げたままなんとも言えない顔をする。どうしても気になった奏斗は後ろポケットからスマホを取り出し、その名を検索し――

「うーわぁ！　まっじでやっっっっべえし‼　ちょっともうこれ以上は無理無理！　帰っていいすか⁉」

珍しく、泣き言を叫んだ。

水曜日。インターン三日目の奏斗には、職場見学と社員へのインタビューが設定されていた。奏斗を会議室へ案内するのは、総務課の絵麻である。

「作成していただいたプレゼン資料、好評でしたよ」

「……ありがとうございます」

奏斗の一歩先を歩く絵麻は、今日のスケジュールの説明をしている。相変わらず歩くだけで社員たちの視線を集めるのだなと思いつつ、奏斗は大人しく礼を言う。

「今日は社員インタビューの日で、木曜日は終日研修。金曜日には実際にプレゼンしていただきます」

「はい」

奏斗は、今日こそ役に立たなくてはと焦っていた。天たちのようなものすごいメンバーと比べても仕方ないのは分かっているが、今は環のコネを使って、ただインターンをこなしているに過ぎない。

たった二日間見ただけでも、麻耶の境遇には辛いものがある。一刻も早く解決に導きたいと思っているにもかかわらず、まだ手ごたえはない。

(せめて、正体ぐらいは見破りたい。なら……俺には何ができる?)

「そんなに緊張しなくても大丈夫ですよ。みなさん、優しい方ばかりですから」

絵麻は、奏斗の焦りを緊張感と受け取ったようだ。

「……はい」

腹に力を入れて睨んでみても、絵麻の後ろ姿に変化がないことに、奏斗はそっと落胆する。羽奈の涅槃香(ねはんこう)のように、目に見える何かがあれば確信が持てるが、それがない。

「ふふ。熱い視線もらっちゃいました」

絵麻が微笑みながら振り返る。さすがに見すぎたようだ。

「うわ、すみません」

「いいえ。さあどうぞ、こちらです。インタビューということで、色々な部署から選抜したメンバーに集まっていただいています」

ドアの開かれた会議室内には長机がコの字に並べられ、既に十人ほど座っていた。

入り口で出迎える梨乃のまとう空気が、歪んで見える。

(うっ、これ……)

危機感を覚えた奏斗は、とっさに手前で足を止めた。

「あーっと、すみません！　ちょっとトイレ！　行っていいすか！」

「えっ、でも時間が」

絵麻に止められそうだったので、「緊張で漏れそう！」と叫びながら強引に走った。たまたま廊下を通りかかった社員たちが、クスクス笑っている。もっといい方法はなかったか、と後悔しても遅い。この際、恥をかいても仕方がない。


「ようこそ！」

戻ってきた奏斗を待ってましたとばかりに、梨乃が強引に腕を引いて中へ招き入れる。奏斗は、背後の絵麻が無情にも扉をパタンと閉めて去っていくのを、顔だけで振り返り確かめた。

「さてー。今日は我が社の有志で、質問になんでも答えちゃいまーす！」

パチパチと手を叩く梨乃に合わせて、同席者たちがそれぞれ「どーもー！」「やあ」「どんとこーい」と軽いノリで挨拶をするのに、奏斗は軽く仰け反った。

「私は～、営業アシスタントの梨乃でーす！　よろしくね！」

（いや、合コンかよ）

　もちろん参加したことは一度もないが、奏斗のなんとなくのイメージでそう感じるぐらい、薄っぺらい。

「お忙しいところお時間をいただき、ありがとうございます」

　ペースを崩さずちゃんとしよう、と奏斗は指定されたコの字に並べられた机の正面の席に着き、気を引き締めて頭を下げる。

「そんなに身構えないで。素でいいんだから」

　梨乃がそう言うと、周囲の歪んだ空気が奏斗のところまで浸食してきて、やがて呑み込んでいく。

　奏斗は一瞬目を閉じ息を止め、意を決してから瞼を開き呼吸をした。

「いいんすか」

（うお！　俺、何言ってるんだ⁉）

　途端にこぼれ落ちた言葉に、奏斗は大いに動揺した。意図していないのに、本心をそのまま話してしまう感覚がある。恐ろしいが抗えない。

　梨乃は、心底嬉しそうな顔をした。

「いいんだよ～！」

はしゃぐ梨乃に、ただ追従して頷くだけの社員たち。異様な光景を前に、普段の奏斗なら次の行動に移っているだろうが——今は、素直に頷いた。

そんな奏斗を見てさらに上機嫌になった梨乃が、奏斗の肩にべったりと触る。

「青井くんの聞きたいことは、なあに？　なんでも、聞いて？」

逆セクハラだが奏斗の体からは力が抜け落ち、ぼうっとそれを受け入れている。

「……なんでも？」

「うん、なんでも！」

梨乃の口角がニタァと持ち上がった。同席している社員たちは、どこでもない宙を見て、ただニコニコしている。

「じゃあ……梨乃さんは、なんで麻耶さんに辛く当たるんすか？」

「麻耶？」

その名前を聞いて梨乃はたちまち無表情になり、奏斗から手を離した。

「そんなの。大っ嫌いだからだよ～」

奏斗はぼうっとしたまま、問いかける。

「なんで大嫌いなんですか？」

はあ、と忌々(いまいま)しげに息を吐くと、梨乃は腕を組んで会議室内を歩きながら、ねっとりと語り始めた。

「……大したことないくせに、いーっつも、梨乃より成績が上だったり、好きな人を取ったりするの。すっごいむかつくよね、あんな平凡なくせに。絶対陰でずるいことしてるに決まってる。でしょ⁉」

「そうですね」

奏斗がうんうんと力強く頷くと、梨乃の表情がぱあっと明るくなった。

「だよね！　だから、辛く当たってるんじゃないの。当然なの！　みんな、ただ梨乃の言うことを聞けばいいんだよ」

「なるほど～」

「青井くんも、そうしてね」

「わかりました」

素直に頷く奏斗に満足したのか、梨乃がまた奏斗の肩に触れ、顔をぐっと近づける。

「んふふ。青井くんって近くで見たら、ピアスの穴いっぱいあるし、髪の色もほんとは黒くないんでしょ～？」

「はい」

「こわーい人たち、知り合いにいたりする？」

「いますよ」

　ごくり、と梨乃が唾を飲む音が聞こえた。

「ねえ。梨乃に紹介してくれない？　今度その人たちと、ご飯食べに行きたいな～」

「いいですよ。……ひとり、そこにいます」

「え？」

　顔を上げた梨乃の視線の先にいたのは、清掃業者の制服を着た、異様に背の高い男だ。いつの間にか会議室の入り口に立っていたその男は、帽子のつばを持ち、明るい声で挨拶した。

「どうも～。掃除しに来ました～」

「はあ⁉　ちょっといま会議中！　出て行って！」

激昂(げっこう)した梨乃に対して、男はニヤケ顔を返す。その口の端からは八重歯が見えている。

「だっはっは。やなこった。俺の可愛い弟子を籠絡(ろうらく)する会議ってか～」

　ふざけた態度で手を振る天の手の中には、通話中のスマホの液晶画面がある。先日光晴がやったのと同じことを、奏斗はトイレでやってからこの場に臨んでいた。

「出て行って！」

「やだっつの」

「な！　なんで、梨乃の言うこと聞かないの⁉」

　バッと振り返る梨乃は、奏斗のシャツの胸ポケットからスマホの一部が見えているのに気づき、勝手に取り出そうとポケットに手を突っ込む。しかしすぐに「ぎゃ！」と短い悲鳴を上げた。涙目で持ち上げる指先は赤くなっている。

「おーおー。破邪符に反応するたぁ、あんたあやかしになりかけてんぜぇ？」

「は⁉　さっきからなんなの！　ちょっとみんな、こいつ捕まえて！　追い出して！」

　梨乃は目を潤ませて、その場にいた社員に大声をあげる。ところが皆、宙を見つめて固まったまま、動かない。

「ちょっと⁉」

　甲高い声で騒ぐ梨乃を冷ややかな目で見ながら、天はおもむろに羽団扇を取り出し軽くひと仰ぎした。会議室内の歪んだ空気が消え、清涼な風が通り過ぎていく。

「言霊の〜縛りを〜、我が名のもとにぃ〜、総じて否ぶ〜」

　真っ先に我に返ったのは、奏斗だ。ぱちぱちと瞬きをしてから、天に顔を向ける。

「言霊？」

「おう。レンカが、強制力感じるっつってたろ。言葉に妖力を乗せ人を使役する邪な力だ。厄介でよぉ、言葉には言葉で折伏しなきゃならねぇ」

「言葉で、折伏……」

「それは置いといてだな」

天が呆れ声を発しながら、梨乃に近づいていく。

「誰が、お前に『言霊（ことだま）』を与えた？」

「は？」

「……まあいい。なんにせよお前が言霊（ことだま）を使うたび、俺がこうして打ち消す。覚悟するんだな」

「ふん。脅したって無駄。無理に決まってる！　掃除屋なんて、社会の底辺のくせに！」

梨乃の言葉に、奏斗は一瞬で激昂（げっこう）した。

「おい今なんつった……！」

意味が分からなかった。世の中は様々な職業で成り立っていて、そこに上下などない、と奏斗は思っている。何よりも、便利屋である自分をバカにされたような気になった。

ところが天は、奏斗に優しい笑顔を向ける。

「怒るな、カナト。こんなの相手にする価値もねえよ」

「っ、でも」

「はあ!?　掃除屋なら掃除屋らしく、黙ってゴミでも拾っててよ！」

醜悪な表情で汚い言葉を吐く梨乃を、天は一瞬だけ憐みの目で見た後、背を向けた。

「へえへえ。おっしゃる通り、お掃除してきまーす」

　天はそう言ったが、言葉通りの意味ではない、と奏斗は思った。先ほど言葉で『言霊(ことだま)』を打ち消す、と言っていたからだ。

　天が会議室から出ると、止まっていた空気が動き出した。

「あれ？　俺何してたんだっけ？」

「えっと、ここ、会議室？」

「おっかしいな、会議の予定あったっけ」

　次々と我に返る社員たちは、それぞれ首を捻っている。まるで憑き物が落ちたかのような、すっきりした顔をしているように奏斗には見えた。

「一度席戻って、予定を確認しよう」

「そうですね」

　ガタガタと机から立ち上がる彼らを、焦った梨乃が「待って」「座って」と止めるが、皆不思議そうな顔をしてから、当然のように拒否する。

「いや、仕事に戻らないと」

「アジェンダってもらってました？」

「何かするにしても、準備がいるんですけど」

　梨乃へ浴びせられる正論でもって奏斗の沸騰した怒りはすぐに消え、代わりに安心感が込みあげてきた。天の折伏によって梨乃の強制力が失われたことが、目の前で証明されたからだ。

地道に対処していけば、いずれ皆正常に戻る。うまくいった喜びを隠すため必死でまじめな顔を装ってから、奏斗は梨乃へ軽く頭を下げた。

「インタビューは中止ですね。残念です。失礼します」

「ちょ！」

焦る梨乃を置き去りに、奏斗もさっさと会議室から出た。無駄な時間は、終わりだ。

（さすが天さん）

トイレへ駆け込んだ奏斗とのほんのわずかなやり取りで、全てを悟って助けに来てくれた天に、今すぐ感謝を伝えたい。

とはいえまだ油断は禁物だ。天の言っていたことを冷静に考えると、梨乃は人間で間違いないが、あやかしになっていっている。

そして、天は「誰が『言霊』を与えた？」と聞いていた。つまり、蓮花の追うあやかしは他にいる。正体を暴いて完全に折伏できるまでは、気を引き締めなければならない。

——そしてその後すぐ、総務課の日野が、姿を消した。

再び奏斗は、ねこしょカフェで天と蓮花、シオンと光晴と共に夕飯を食べていた。今日はオムライス――ケチャップではなく、バターライスとデミグラスソース――とオニオンスープ、それからツナサラダだ。

「日野さん、まるで最初からいなかったみたいなんすよ……誰も覚えてないって」

結局、午後に簡単なインタビューの場が設けられ、無事水曜のカリキュラムも終えた。

蓮花が口元をデミグラスソースで汚しながらスプーンを頬張っているので、奏斗はまた紙ナプキンを差し出す。今度はすぐに受け取ってくれた。

「んぐ。さすがの逃げ足だが、想定内だ。目印はいくつか付けておいたし、罠も仕掛けてある。退治するまで追いかけるだけだ」

「おう。っつうか『日野絵麻』なんざ、ふざけた名前だなあ」

天はコーヒーを飲みながら、苦笑していた。

「ふざけた名前、なんすか？」

「だってよぉ。飛縁魔(ひのえんま)の自己紹介すぎるだろぉ」

「所詮妖怪だ、適当なんだろう」

「レンカぁ、知ってたなら先に言っておけってえ」

「ドヤ顔で女夜叉って言ってたからな。とっくに知ってるのかと」

「ぐぬぬぬ」

熱いスープをふうふうと冷ましながら、奏斗はふたりのやり取りを楽しんでいた。慣れると喧嘩ではなく、ジャレているように見えてきたからだ。

奏斗の向かいの席では、膝上に光晴が猫のシオンを乗せて夕食を食べていた。こちらは淡々とスプーンを口に運びながら考えごとをしていたが、ぽつりと言葉をこぼした。

「……飛縁魔が、『言霊（ことだま）』なんて持ってたかな」

「なあん」

「そうだよね。聞いたことないよね、シオン」

「にゃん」

奏斗は光晴とシオンのやり取りの意味が分からず首を傾げる。しかし、そういえば、とハッとして口を開いた。

「とにかく、みっちーさんのおかげで俺、助かりました。あざした」

奏斗がスープカップを置いて深く頭を下げると、光晴も頭を下げる。

「こちらこそ。信じてくれてありがとう」

「信じる？」

「うん。陰陽師の術はね、信じるかどうかが肝なんだよ」

よく分からない、と言う風に奏斗が再び首を傾げると、光晴は声を出して笑った。

「あはは！　これから何があっても、僕は奏斗くんを助ける。それだけ、信じてくれたらいいよ。覚えておいてね」

「んー？　は、はい……？」

やり取りを見守っていた天は微笑みを浮かべていたが、話が脱線していることに気づき軽く咳払いをして、蓮花に再び尋ねる。

「レンカ。んで、罠ってなんだ」

「話したら罠にならんだろ」

途端に天は、嫌そうな顔をした。

「おめぇまさかカナトに」

「いいんすよ、天さん。俺がやりたいっつったんす」

「ああ⁉」

「ごちそうさま」

「おい、レンカ！」

天を無視して立ち去っていく蓮花の背中に、奏斗は「おやすみなさい」と言った。

蓮花はそれに、片腕だけを上げて応えた。

「天さん。俺、試してみたいことがあるんすよ」

「試したい？　ってなんだカナト、言ってみろ」

奏斗は、いたずらっぽい顔でスマホを取り出した。

「天さんのすげえいい声。録音させてください」

「あ？」


翌日の昼前。突如として会社の全社向けチャットチャンネルに、朗々としたお経のような音声が流れた。

『インターンで来ていた大学生』が『研修中に間違えて送信してしまった』と即座に詫び文を掲載したものの、興味を持った社員たちが次々再生し、歴代一位の再生数とイイネ数を記録してしまう。

社長も笑って許してくれ、『日本文化を大事にするのはいいことだ。この機会に、パワースポット巡りをしようかな』とコメントすると、社員からオススメの神社仏閣のレスポンスが次々とつき、大盛り上がりを見せたのだった。

インターン最終日の、金曜日。

朝、給湯室で奏斗がコーヒーを淹れていると、背後からいきなり麻耶が声をかけてきた。

「一体、何をしたの⁉」

奏斗は周辺に人がいないことをさっと確かめてから、口を開いた。

「えーっと、掃除、ですかね？」

「掃除⁉」

「どうしたんです？」

興奮気味な麻耶のテンションを抑えるように、あえて奏斗は静かな声で囁く。

「……なくなったの」

「え？」

麻耶は必死で声を抑えながら訴えてくる。

「昨日から、パワハラとか他の人の業務とかが、少なくなったの」

「ほぉ～」

（よかった。さすが天さん、仕事が早い）

「なんで？　態度とかいきなり変わりすぎて逆に怖いよ。昨日のチャットのやつと、関係あるんでしょ⁉」

早口のウィスパーボイスでぐんぐん迫ってくる麻耶を、奏斗は両手を上げて止める。

ただでさえ狭い給湯室で、逃げ場がない。

「さあ。どうでしょうね～」

軽く受け流すような奏斗の返答を聞いて、麻耶は上目遣いで睨む。

「ちゃんと説明して」

「……ここで、っすか？」

そこまで言って、麻耶はようやくハッとする。それを見て、奏斗は眉尻を下げた。最初の依頼の時もそうだが、思ったら一直線で猪突猛進な性格らしい。

「たぶんもう大丈夫ですよ。それだけ、言っておきます」

「奏斗くん……」

昨日のチャットのやつ、とは奏斗が研修中に全社へ〝誤爆〟した天の声だ。神通力を乗せた『言霊』を折伏するための言葉を謡ったものである。

どこまで梨乃の影響が及んでいるのか不明だったため、昨晩オムライスを食べながら相談した際、奏斗が提案したのは『いっそ全社内へ流そう』だった。

天の神通力がネットを通じて効くかは賭けだったが、「言葉には言葉で折伏」という天の言葉が正しければ、効果はあるに違いないと奏斗は考えたのだ。あとは音声だけでは消しきれない影響の深い社員を、天が掃除しながら見つけ、個別に折伏していくことになった。

「一応まだ、気をつけておいてください」

まだ何かを言おうとした麻耶だったが、給湯室に他の課の女性社員ふたりがやってきたのを見て諦め、「分かった」とだけ言ってくるりと背を向け立ち去っていった。

入れ替わりに、女性社員ふたりが奏斗のもとに駆け寄ってきた。

「あ、いたいた！　ねえ、あのお経さ、どこで聞けるの？」

「すっごいいい声だったー。なんかこう、心が落ち着いたんだよね」

わくわくとした様子で奏斗に質問をするふたりは、手にそれぞれマグカップを持っている。お茶を淹れに来たところに見つかったのか、と思いつつ、奏斗は想定していた文言を口にした。

「えーっと確か、京都です。すみません、誤爆っちゃって。緊張した時に聞くためのお守りだったんですけど」

今のところお咎めなしなことに、実はかなりホッとしている。

「そりゃインターンって緊張するよねー！　だから気にしないで。お経がお守りって、渋くていいなって思ったよ」

「うんうん。パワーもらえそう。真似してみようかなって思ってるんだー！」

「いいですね」

その後、ふたりのおしゃべりに適当に付き合ってから、奏斗は会釈をして給湯室を出た。

今まで便利屋の仕事でも、これほど他人と会話をしたことはない。社会人として会社で働けば当たり前になるのだろうが、今のところ便利屋以外の仕事をするつもりはない。

（あ〜、やっぱ向いてねえ。毎日これって、二神さんすげぇな）

上まで締めたシャツのボタンも、ネクタイも、世間話も。全て窮屈だと感じて内心苦笑しつつ、席へ戻ろうと通路を歩く。

すると、向かいから梨乃が肩を怒らせ、ものすごい勢いで歩いてきた。

「あなた、いったい何をしたのよ」

奏斗の真正面で足を止めた梨乃は、先日までの気合いの入ったメイク姿はどこへやら、目の下に隈(くま)が目立ち、真っ赤に充血した目で、体の横で握った拳を震わせている。

「何って、何も」

面食らった奏斗は、とにかくすっとぼける。

「うそつき。あのお経、わざとなんでしょ」

歪めた唇は、何度も噛みしめたのか、血が滲んでいる。

「違います」

「誰も梨乃の言うこと、聞かなくなった！　絶対あれのせい！」

地を這うような恨み節が、奏斗の耳まで這い上がってくる。周囲の社員たちが、なんだなんだと注目し始めた。

「知らないですよ」

まさか直接自分を糾弾しにくるとは思わなかった、と動揺する奏斗は、思わず天の姿を探してしまった。

「あの掃除屋ね⁉」

そしてそれを、必死の形相で奏斗に迫る梨乃に悟られた。

まずい、どうしよう、と奏斗は狼狽えるが、必死で平静を装う。

「なんのことだか、さっぱり」

ひたすら困った演技を続けていたら、梨乃がカッとなって手を振りかぶる。頬を叩かれそうになったところに、誰かが飛び込んできた。後ろで結んだ長い黒髪がふわりと揺れて、ヘアオイルのよい香りが奏斗の鼻腔を掠める。

「れんっ」

「暴力は、見過ごせません」

奏斗が名前を呼ぶのを、言葉を被せて抑え込んだ蓮花は、梨乃の手首を掴んでから周りの社員へ「人事の方を呼んでください」と呼びかけた。すると、ようやく何名かの社員がハッとなって動き始める。

「ちょっと！　放して！」

「放しません」

暴れる梨乃へ毅然と対応する蓮花は、奏斗よりはるかに小柄で華奢であるのに、まったく動じず強い。

「放せってば！」

ようやく梨乃の背後から、人事と思われる社員が警備員を伴ってやってくるのが見えた。この会社の就業規則は奏斗には分からないが、インターンシップ生に対してこのように振る舞うのは、普通にアウトだろう。

ふと営業課のほうへ目を走らせると、血相を変えた麻耶と目が合ったので、手で来るなと止めた。こんなに興奮した梨乃に麻耶が何か言ったら、それこそ火に油を注ぐようなことになるに違いない。

蓮花が警備員へ梨乃を引き渡すと、梨乃はさらに暴れ始めた。

「放してよ！　自分で歩けるってば！　……あんたたち！　覚えておきなさいよ！」

連れられていく梨乃の甲高い声が遠のいたところで、ようやく奏斗は肩の力を抜いた。

「助けてくれて、ありがとうございました」

心臓が早く鼓動するのを感じたまま蓮花に礼を言うと、彼女は微笑む。

「気にするな」

（うわ、かっこいい。なるほど、二神さんが惚れたのは、これかあ）

奏斗は周囲へ「お騒がせしました」と頭を下げ、自席へ歩き出した。

自分が情けないと思いながら歩いていたから背中が丸まっていたのか、蓮花に「背筋伸ばせ」と小声で言われ、また落ち込んだ。


その後なんとか無事に研修を終えることができた奏斗は、麻耶と共に繁華街の路地裏を歩いていた。ねこしょカフェで報告がてらお疲れ様会をしようと誘ったのだ。天と蓮花とは、駅前で待ち合わせをしている。

「あっという間の一週間だったね」

「そうすね～」

「梨乃……メンタル壊れておかしくなった、ってみんな噂してる。あの後すぐ帰ったみたいだけど、大丈夫かな」

「心配してるんすか？　お人好しっすね」

「だって。あんな子じゃ、なかったんだよ」

麻耶は自分の足のつま先を見つめるようにして、歩く。

メインストリートから一本入った道は、人通りはそれほどでもないが、開いている店の窓や通りの向こうから、酔っぱらった人々の楽しそうな声が聞こえてくる。

　まだ夜七時過ぎだというのに、既に酔っているのかと苦笑しつつ、奏斗は麻耶の言葉に耳を傾けた。

「へえ」

「ハキハキして、可愛くて、人気者で」

「大学卒業して、入社した時ぐらいからかな。だんだんおかしくなった」

「おかしくって？」

「なんか、私の言うこと聞きなよ、みたいな」

「女王様っすね～」

　奏斗はあえて軽く返す。だが麻耶の言葉は、それでもどんどん重くなっていく。

「抵抗、できなかった」

「……」

　声音に混じる湿気には、奏斗は気づかない振りをする。

「友達なのに、違うよって言えなかった。ダメとか、なんでとか、やめてとかも。下っ端なら言うこと聞けって。だから翔とも別れろって言われて、その通りにして。私、なんで言うこと聞いたんだろ。梨乃に、何しちゃったんだろ」

　今二十六歳の麻耶たちが入社した頃、ということは三年ぐらい前になんらかのきっかけで梨乃は『言霊』を得たのだろう。奏斗は脳内で時系列を組み立ててみる。三年前という単語に既視感を持って、ああ羽奈も三年ほど前だったなと思いついたところで、足を止めた。

「本人に聞くしかないっすね」

いきなり立ち止まった奏斗を、麻耶は不思議そうに見上げる。会社の最寄り駅近くにある、高架下の小さな公園。街灯に照らされる奏斗は、ポケットから黒いマスクを取り出してつけると、公園の中を睨んだ。

麻耶はその視線の先を追って、驚いた様子で口をポカンと開けた。

「梨乃？」

確かに梨乃である。彼女は眉を吊り上げて、真っ赤な口紅を歪ませてふたりを睨んでいる。会社での服装とは違い、露出度の高いミニ丈ワンピースに、ピンヒールのサンダル姿で、両脇にはガラの悪そうな男たちを従えていた。

「麻耶。あたしはあんたを許さない」

日が落ちて間もない小さな公園は、薄闇で人の姿もはっきり見える。だが不思議と周辺に奏斗たち以外の姿はない。音もなく、話し声だけが響く。

「許さない？」

「何もかも、あんたのせい。あたしの言うことを聞いていればいいのに。そいつ連れてきたの、あんたなんでしょ。余計なことして」

「……なんで、そんな酷いこと言うの？」

「黙れ！」

痛々しそうな顔をして押し黙る麻耶を横目で見つつ、奏斗は公園内へ足を踏み入れる。ネクタイを緩め、背中のリュックを下ろして足元に置く。じゃり、と革靴の底が鳴った。

「んで。そいつらに何やらす気なんすか？」

「なんでしょう？」

ぱきぽきと拳を鳴らしながら奏斗が尋ねるも、梨乃は心底バカにしたような表情で奏斗を見つめるだけ。取り巻きの男たちはニヤニヤと笑うだけだ。

「……はあ。早くぶっ倒して、みっちーさんの飯、食いたい」

奏斗は、口内にみるみる湧き上がる唾液を、ごくりと飲み込む。腹が減り、ぎゅるるるると鳴る。拳を握り込んで体の前に構えると、男たちはニヤニヤしつつ奏斗を取り囲んだ。

「震えてんじゃん」

「怖いよね～」

「すぐ終わるよーん」

普通なら恐怖心で膝が震えていると思うだろう。だが今奏斗が震えているのは、ちゃんと役に立ってみせる、と自分を鼓舞しているからだ。戦闘心をより高揚させるため、煽り文句を放つ。

「うぜぇ。さっさとかかってこい」

「うおりゃ！」

威勢のいい男がひとりが勢いよく殴りかかって来たのを、奏斗は顔だけで避け、カウンターの要領で殴り返す。

ゴッ、と大きく鈍い音がして男の鼻っ柱がひしゃげ、血が飛び散った。あっという間に男は地面へ転がる。のたうち回る仲間を見て、皆腰が引けている。奏斗は殴った後の拳をプラプラ振ってから、構え直した。固く握った拳は、幸い折れてはいなかった。

「チッ。加減がむずいな」

「は？　ちょっと、何してんの、さっさと倒してよ！」

焦る梨乃が、金切り声をあげる。

「っおお」

焚きつけられたもうひとりが、奏斗の腰のあたりを蹴ってきたので、受けずにスルーする形でそのまま軸足を蹴り飛ばすと、公園の中を綺麗に吹っ飛んでいく。

仰向けに倒れてうめき声をあげ、蹴られた足を両手で抱え左右にゴロゴロ転がるのを見ると、折れたのかもしれない。

ふたりともたった一撃で、戦闘不能になった。残るふたりは、愕然と立ち尽くしている。

「戦意喪失してんのに、言霊(ことだま)のせいで逃げられないんだな。可哀想に」

奏斗は、残ったふたりのうちひとりへ、ゆっくりと近づく。頭の中では、かつて自分を極限まで追い詰めた男たちのやり方が、鮮明に再生されている。あんなくだらない経験でも役に立つ時があるのだから、人生というのは分からないものだ、とマスクの中で苦笑した。

「ひい！」

「やめろっ」

「何言ってんの？　おまえらが吹っ掛けてきたんだろ？」

黒マスクの下で、奏斗は徐々に笑い始めた。受けるだけだった暴力を、自分が行使する側に立った。絶対強者になれるという暗い喜びが湧き上がってきたからだ。

「おまえらが、こういうことをやるつもりだったんだろ？」

恐怖心でがくがくと顎を揺らす男の額を、奏斗は片手でゆっくりと鷲掴(わしづか)みにする。

こめかみに親指を食い込ませると、ギャッと短い悲鳴が聞こえた。

（あいつらは、こうやって楽しんでたんだな。なるほど）

『そうだよ、蹂躙するのは、気持ちがいいんだよ』

「これ、握りつぶしたらどうなるかなあ？」

『いいねぇ。喰らってしまえよ』

奏斗を甘く誘惑するような男の声は、欲が増大した時に聞こえるのだと分かってきた。誰だと尋ねても答えないこの声にはもうすっかり慣れて、欲が振り切った時のバロメーター、ぐらいに捉えている。

「ヒイイイイ」

じょあああ、と音がしたと思うと、男のデニムと下の砂地が黒く濡れた。雨は降っていない。

「あーあ」

失禁したその男の額を前へ押し込むと、たちまち尻もちをついた。ずりずりとそのまま下半身を引きずるようにして後ずさりしていく男を、汚れた地面を越えてまで追いかける気は、奏斗にはない。

「汚ねえ」

靴が汚れていないといいが、と足元を確認する奏斗の頬を、梨乃が爪でひっかいた。

「いって」

黒マスクの上の頬に、一条の赤い痕が走り血が滲む。

「はは。女のが強ぇじゃん」

奏斗はとっさに掴んだ梨乃の手首をねじり上げて、顔を上げる。そんな彼の視界に、天と蓮花が急いで駆け寄る様子が入った。ふたりは公園に結界を張りつつ、見守ってくれていたはずだ。

「カナト！　やりすぎだ！」

天の叱る声が聞こえて、奏斗はハッと我に返る。目の前に、倒れる大の男が三人。腕をねじられて暴れる女がひとり。異様な光景に、今度は興奮ではなく恐怖で膝が震え出す。

「……す……んません」

奏斗は大きく深呼吸をして気持ちを落ち着かせ、麻耶に振り返る。奏斗には、麻耶に聞いてみたいことがあった。その間、奏斗に手首を握られたままの梨乃は、放せと暴れながらも、憎々しげに麻耶を睨み続けている。

「これでも、友達っすか？」

奏斗には最初から最後まで、ふたりの間に友情があるようには見えなかった。それでも頷いた麻耶の様子を見て、奏斗は大きく息を吐く。

「はあ……綺麗ごとを言うやつのほうが、タチわりぃ。あんたはそうやって、梨乃さんを傷つけてきたのかもしれないすね」

「え……？」

目をいっぱいに見開いた麻耶から、奏斗は目をそらす。八つ当たりなのか本心なのか、自分でももうよく分からない。

「さすがに、過剰防衛でしょっぴかれますかね」

その後頭部を、天がパシンと叩く。

「手加減しろっつの」

「……ごめんなさい」

蓮花は奏斗たちから距離を取り、周辺を冷静に観察している。

「いや。ありがとう、奏斗」

「はい？」

「おかげで、罠にかかった」

奏斗はそれがどんな罠かは伝えられていなかったが、蓮花にただ暴れろと言われていた。あやかしは、強大な力を好むから、と。

「え！」

蓮花が前に、左の手のひらを差し出す。親指の付け根には、青い痣（あざ）のように見える『蓮華（れんげ）の印』がある。その印から、ずずずと生えるように日本刀――蓮華（れんげ）が姿を現した。

奏斗は初めて目にした退魔刀を前に、興奮を隠せない。

「すっげ……」

「麻耶さんを頼む」

柄を持ち直しチャキンと鍔音（つばおと）を鳴らすと、蓮花はお手本のように綺麗な正眼（せいがん）の構えをとる。夜の公園で日本刀を構えるスーツ姿の女性に、奏斗の目は釘付けになった。

（かっこいい……）

強くてまっすぐで凛として、退魔師のお手本のようだと思うと同時に、自分は欲の赴くまま下品に暴れただけだ、と奏斗は落ち込む。

「わかりました」

奏斗は梨乃の手首から手を離し、麻耶を背に庇（かば）うようにする。当然梨乃は、公園の出入り口へと一目散に逃げだした。ひとり残った男も同様だ。だがすぐに公園の出入り口付近で立ち止まり、愕然としている。

「なんで⁉」

「出られない……」

それには天が、のんびりしているが有無を言わさない声で応えた。

「だあめぇ～。おしおきだからよぉ。姿を現せ、飛縁魔」

名を呼ばれるや、最後に残っていた男はみるみる髪の長い女の姿になった。

色白で細身のその女性は、奏斗がオフィスで見た『日野絵麻』の姿であるものの、口角からは鋭い牙が生え、体中から殺気を発する恐ろしい妖怪になっている。その姿を真正面から見た梨乃が気絶したぐらいだ。どさりと地面に横倒れになった梨乃を見下すようにして、絵麻は腕を組んだ。

「わたしの変化の術が解けたってことは、あなたは……あら、大天狗？　驚いたわ」

「ったく、何百年もおんなじことしやがって。飽きねえの？」

夜の闇の中できらりと光る絵麻の牙を見て、天は心底嫌そうな顔をする。女の鬼のいやらしい笑みなど、真っ平御免だと言わんばかりだ。

ところが絵麻は気にしないどころか、恍惚（こうこつ）とした表情を浮かべている。

「飽きないわよぉ、男たちの精気っておいしいもの。まあでも、愚かな子の側で吸ってたのは、ただの余興。酒呑童子様のおんために、愛しきお方を探すほんのついで。だから嬉しい。まさか大天狗のもとにいるとはね」

「なんだと⁉」

大声をあげる天を見て、奏斗は驚く。普段は驚きこそすれど、大声をあげることは少ないからだ。

「あはははやったあ！　罠にかかった甲斐があったわ。そんな気がしてたのよ。ああ嬉しい。なんという素晴らしき手土産」

　その台詞を聞いた天は、瞠目する。

「今、土産、と言ったか」

「あらやだ。口が滑っちゃった。うふふふ」

　絵麻が長い爪をさっと空中に走らせると、横たわっていた梨乃の太ももが裂けた。ぶしゃ、と大量に出血する。

「てっめえ！　何しやがる！」

「だってえ。狩られたくないんだもん」

　天が慌てて梨乃に駆け寄ると、絵麻はひらりと飛び上がった。ちょうどその瞬間、絵麻のいた空間を、白刃がさっと横切った。蓮花の刃筋だ。

「あは！　惜しーい！」

「ちぃっ」

　足を踏み込んで次々刀を振る蓮花の攻撃を、高笑いしながら絵麻はひらり、ひらりと舞うように飛んで避ける。蓮花は、声高に発した。

「滅！」

　奏斗の目にも、刀から波動のようなものが出て、絵麻に襲い掛かるのが見える。

「あはは！　こわーい！」

上下左右、縦横無尽に切り刻まれる空気の間を、しかし、絵麻はケタケタ笑いながら無傷ですり抜けていく。天は、深く切れた梨乃の傷を止血するのに必死だ。白Tシャツの裾(すそ)をちぎって、きつく巻いて手で押さえるが、血はドクドクとあふれ出る。

「えげつねえことしやがって」

蓮花は、一層殺気を膨らませた。

「待て、飛縁魔！」

「あはは！　お方様(かたさま)ー！」

絵麻はケタケタと笑い続けながら、奏斗を見てそう言った。背後に麻耶を庇(かば)いながら、奏斗は戸惑いを隠せなかった。

「おかたさま？」

「酒呑童子様が、お待ちですよ～！」

こちらへ向かってくる絵麻の、形のよい唇が紡ぎ出す単語に、なぜだか奏斗は吸い寄せられる。

「しゅてん？」

「聞くな、カナト！」

「滅っ！」

横一閃。絵麻の背後から渾身の力で振り切った蓮花の刃が、絵麻の髪を肩上でばっさりと切り落とした。同時にだらり、とうなじから鮮血が流れる。

「ぐ、ああっ！　なんてこと！」

首の後ろを押さえて仰(の)け反(ぞ)る絵麻は、まさに鬼の形相で蓮花を振り返る。ぎろりと目を剥き、牙を光らせ、今にも喰らいつきそうな恐ろしい鬼の顔だ。

「ち、刎(は)ね損なった！」

絵麻は悔しがる蓮花を睨みつけてから、一握りほどの大きさの炎へ姿を変える。そして夜の闇にぼわりと浮き上がるや――かき消えた。

「わーりぃ、俺も逃した……」

宙を凝視した天が、梨乃の太ももから手を放さないまま悔しそうに言う。しかし蓮花は冷静に首を横に振った。

「いや、人命のほうが大事だ」

握っていた日本刀が霞(かすみ)のようにじんわりと消えると、蓮花は懐からスマホを取り出し、どこかへかけ始めた。同時に奏斗を見て「警察と救急を呼ぶ。いいか、私たちは半グレの仲間割れに巻き込まれた。とりあえず、何を言われても黙ってろ。それか、取り乱せ」と簡潔に言われた。

「わかりました」

「なん、なの……」

かろうじて正気を保っていた麻耶も、どしゃりと両膝を地面に突いて、気絶した。

「だー！　俺ももう無理！　あと頼んだぞカナトッ」

「げ」

同時に天も気力を使い果たしたようで、バタリと倒れてしまった。

「仕方ない。ああ見えて結界作ったり、寝転がってるやつらの記憶をのぞいたりいじったりしてたからな」

蓮花のそんなクールな声を聞いて、奏斗はまた天を担いで帰る決心をした。

二日後の、日曜日。
まもなく八月になるという日の朝は、もううるさいぐらいに蝉が鳴いている。
梨乃の入院している病室を見舞ったのは、麻耶と奏斗だ。天と蓮花は本人とは対面せず廊下で待機している。病院内はエアコンが弱いせいか、天も奏斗もじんわりと浮かぶ汗が引かない。
太ももの傷の手術は無事終わったものの、精神的に不安定と見なされ個室に入った梨乃は、麻耶の姿を見るなり「いい気なものね」と蔑んだ。

手に持った見舞いの品を渡すこともできないまま、麻耶はベッドの側に立ち尽くす。

「そうやってまた、あたしのこと笑いに来たんでしょ」

梨乃は、麻耶と目すら合わせず正面の壁を見据えている。

麻耶は梨乃の横顔を真剣に見つめながら、静かに答える。

「そんなの、したことないよ?」

「学校の成績も。彼氏も。仕事の評価も。友達の数も。結局いつも、全部全部あんたが上なんだもんね」

「比べたことなんか、ないよ」

「嘘つき。いつもあたしを下に見てたくせに」

「見てない!」

必死で否定する麻耶の言葉は、梨乃には届かない。

「誰も彼も、麻耶ばっかり褒める。あたしは見た目だけだって。あんたもそう思ってるんでしょ」

「そんなことないってば!」

「嘘つき。うざい。まともなふりして。追いつめて。あんたなんか、消えて。消えろ。消えろ。消えちゃえ」

　また梨乃は『言霊』を使った。強い怨嗟とともに。

「……わかった、消えるね」

　麻耶はそれを聞くなり表情を失う。すると、待ってましたと言わんばかりに天と蓮花が病室に入ってきた。

「まだしぶとく使うってか。しかもそんな強烈なのを——俺は、『言霊を否ぶ』ぞ」

　ハッとして目に光が戻った麻耶の側に、蓮花と奏斗が寄り添う。正気に戻り涙をあふれさせた麻耶は、声を絞り出すように問いかけた。

「っぐす。なん、で？　梨乃。友達、なのに」

「友達？　あんたとあたしが？　んなわけないじゃん」

「え……」

「ずっと憎かった。憎くてたまらなかった。あんたが消耗して傷つくのが、何よりも嬉しかった。楽しんでた。これでもかって踏みにじって。使い倒して。なのに、負けないし、へこたれないんだもん。しぶとーい」

　無表情だった梨乃がだんだん顔を歪めていくのを見て、天が声をかける。

「やめておけ。本当にあやかしになっちまうぞ」

「っなりたい！」

「……あやかしがなんなのかも分からず、なりたいってか。なんもかんも、見えなくなっちまってまあ」

　天はそこで言葉を切ると、大きく息を吸い、それから吐いた。

「天、さん？」

「手遅れだから、折伏する。じゃねえと、本当にあやかしになる」

　奏斗が天の横顔を見つめると、天は心底悲しそうな表情を浮かべていた。まるで最後通牒のような言葉に、麻耶が戸惑った様子で天に視線を向けた。

「え？　何をするんです？」

　しかし天はそれに答えない。代わりに、蓮花が麻耶の背をそっと押した。

「麻耶さん。外に出ましょう」

「っでも」

「マヤ。出てろ」

　天の一声で麻耶はびくりと肩を揺らす。そこでようやくこの場に留まるのを諦めたのか、言われた通りに静かに廊下へ出た。

　麻耶が部屋から出たのを確認すると、天の顔はみるみる赤く染まり鼻が伸びていく。そして、ヤツデの羽団扇を構えながら、梨乃に尋ねた。

「本当は一体、何がしたかったんだ？」

　麻耶がこの場にいなくなったからなのか、梨乃はこれまでとは一転して悔しそうな表情になった。

「本当は……認められたかった」

奏斗にも、梨乃は承認欲求にまみれているように見えていた。麻耶を排除するのではなく、操ったり蔑んだりし、それに周囲が同調するのを楽しんでいたからだ。その心情は、今でも全く理解ができないが。

「……お前に『言霊』を植え付けた奴は、誰だ」

続けて放たれた天の言葉を聞いて、奏斗は、飛縁魔じゃないのか、と首を傾げる。しかし天の表情を見るに、そうではなさそう、というのは理解できた。

二度目のその問いに、梨乃はふと口元を緩ませ、楽しそうに答え始めた。

「えっとね～、みんなで新潟の温泉に行ったことがあって。そこの足湯が素敵でね、ひとりで入ってたら、男に口説かれたんだぁ。あたしが可愛いから、いいものをあげるよって」

愛しい記憶を紡ぐかのようなうっとりした口調に、奏斗は嫌悪感を持つ。しかし奏斗のそんな気持ちを知らず、梨乃は続ける。

「みんな君の言うことを聞くって言われて、半信半疑だったけど、ほんとだった～んふふふ」

奏斗を横目で見た梨乃が、ニタァと口角を上げる。

「その人、あんたに雰囲気似てるかも。顔とかは全然似てないけど」

「え」

「……その男は、なんて名前だ」

「忘れちゃった。なんかの先生？　お堅い職業だったはず」

「そうか」

ぎゅっと眉間にしわを寄せ梨乃を凝視してから、天は羽団扇を大きく一度、仰いだ。

するとさわやかな風が病室を吹き抜けた。梨乃の髪を乱し、彼女の表情が見えなくなる。

「その、人ではない力、人を超えた力を、悪とみなした。よって——悪鬼折伏」

風が止み、再び現れた梨乃の顔はぼうっとしていた。

「一切合切忘れろ」

言い切った後ふらりと力の抜ける天の肩を、奏斗は黙って支え、肩に天の腕を担ぐ。

「はー。すまん」

「いいえ」

なんだかこうして、天を背負うのがすっかり当たり前になったなぁと思いながら、

奏斗は病室から出て、黙々と歩いた。

「天さん！　あのっ」

廊下を歩いていくと、ロビーで待っていた麻耶が駆け寄ってくる。天は奏斗に身を任せたまま、眉尻を下げた。

「気にすんな……つっても難しいだろうがな。どんなに仲良くたって、どうしても分かり合えないこともあるもんさ。だろ？」

「……分かり合えない……」

「普通なら距離を取ったり、忘れたりってのが人付き合いってやつだろうけどな。梨乃はそれができずに、誘惑に負けたんだ。これからその代償を背負って生きていく。お前さんが気にすることはねえ」

麻耶は天の言葉を聞いて俯く。

「代償……私、梨乃のために何ができるでしょうか」

しかしすぐに顔を上げ、そう問いかけた。

奏斗は、彼女のまっすぐさがむしろ辛く感じてしまい、思わず目を背けた。代わりに天が、きっぱり言い放つ。

「忘れてやれ」

「っ……！」

麻耶は少しの間、目を伏せ震えていたが、その後深々とお辞儀をしてから、吹っ切るように出口を向いて歩き出した。

きっと胸に突き刺さったその言葉の楔(くさび)を、抜かずに受け止めたのだと奏斗は思う。もう二度と、後ろを振り返らなかったから。

奏斗がバイトと大学の課題で忙しい日々を送っている間に、いつの間にか八月になっていた。

真夏の便利屋の仕事は、ボウボウに生えた庭の草むしりが多く、さすがに日焼けが痛い。熱中症を避けるため午前中で引き揚げて帰宅すると、天からアイスを食べようと誘われ、奏斗は素直に冷凍庫からカップアイスをふたつ取り出した。ふたつとも、定番のバニラ味だ。

夏の暑さに火照(ほて)った体は、確かに中からも冷やしたほうがいい。ふたりでダイニングテーブルに向かい合わせで腰かける。エアコンが効き始めるまで待てないので、扇風機を最強で回しながら。

涼んで一息ついた奏斗は、心にへばりついていた思いが、ぽろっと出てしまった。

「……なんか、ずーっと人と自分を比べながら生きるって、辛いっすよね」

あれから二週間近く経っても、奏斗はふと、梨乃のことを考えてしまう。

梨乃は折伏の後遺症で全ての言葉を失い、退院後実家へ戻ったと聞いている。便利屋の仕事をするたびに、梨乃に「底辺」と言われたことが古傷のようにじくじくと痛む。それぐらい、言葉で受けた傷は治りにくい。

差し出されたアイスを受け取った天は、そんな奏斗をよそに蓋をベリベリ剥がしている。以前、大天狗もアイスを食べるのかと聞いたら「暑いもんは暑い！　暑いのは苦手だ！」と言っていた。「火渡りする天狗もいるのに」と聞いてみたら後頭部をべしっと叩かれたので、以来つっこまないようにしている。

「んー？　そうだなあ。まあでも生き物ってえのはみんな、なんでも優劣やら順位やら付けたがるもんだろう」

「妖怪でも？」

「おうよ。誰が強いだの長生きだの。くだんねーことでウダウダうるせえぞ。何百年何千年延々とよぉ。だから、これからもずーっとそうなんだろ」

天がカラリと放つ言葉は、奏斗の重い気持ちをすくい上げた。奏斗は思わず「ふは」と笑ってしまった。

ルックスや成績、財産や人脈。目で見えるものもそうでないものも、全て比較して階層を作って生きていくのが人間という生き物なのかもしれない。その中で、自分に合う生き方を探していく。矛盾を抱えることもある。

梨乃はきっと、麻耶のことを好きでもあった。だから離れられず、苦しんだに違いない。

「俺、インターン行ってよかったっす。ありがとうございました、天さん」

「そうか。レポート書くのも大変だったろ、おつかれさん」

昨日の夜、インターンのレポートをメールで教授に提出した、と天には報告していた。

「あざす。なんか、いろんなことを学んだ気がします」

天は、スプーンですくったアイスを大きな口で一口食べると、こめかみを押さえた。どうやら、かなりキーンときているようだ。

「ほー?」

頭痛が止まらない様子の天を見て、奏斗は熱いお茶を淹れてやろうと椅子から立ち上がった。そんなこともあろうかと、湯は沸かしてある。慣れた手つきで急須に茶葉をトントンと入れ、湯呑をあらかじめ温めるためヤカンから湯を注ぐ。

「会社員って大変だなあってつくづく思いました。あ、みっちーさんとおたまさんのことを知れたのは嬉しかったっす。どぞ」

奏斗が差し出した湯呑を受け取ると、天はふうふうと息で冷まし、ずずずと一口飲んだ。眉間が緩むのを見て、頭痛は治まったかなと奏斗は椅子に座り直す。

　便利屋にやってきて三年以上が経って、ようやく分かったことがたくさんある。羽奈は涅槃香を植え付けられ、梨乃は言霊をもらい。奏斗が拾われてから、約三年。過ぎればあっという間かもしれないが、この間は非常に濃密だと感じる。

「カナトは、すげえな」

「すげえ？　何がすか」

「自分から提案して、行動しただろ。今までは言われた通りやるだけだったのに、ずいぶん成長したもんだよなあ。えらいぞ！　レンカも感心してたぜ〜、ほとんど出番なかったって」

　テーブルの向かいから身を乗り出した天が、奏斗の頭をわしゃわしゃと撫でるので、後ろで結んであった髪がほどけて頬にかかる。奏斗はヘアゴムを取って結び直しながら、天に反論した。

「いやいや、社内でうまく立ち回れなかったし、蓮花さんにも色々迷惑かけました……。事件の後処理だって、蓮花さんいなかったら俺、下手したら留置所行きっす」

「だっはっは！　ちげぇねえ」

「笑いごとじゃないし。大体、天さんがいてこそでしょうに。言霊くらってたら最初から詰んでますし。俺マジでただ暴れただけっすから」

「んなことねえって言ってんだろ。ったく、素直に褒められとけって」

そう言われても、奏斗は不安で仕方がなかった。人間を傷つけた奏斗を、天はどう思っているのだろうか、と。

時々頭に響く声や、強い欲のことを、未だに相談する勇気が出ない。

梨乃の『人ではない力』は悪とみなされ、奏斗の目の前で折伏(しゃくぶく)された。もし自分が人間でなく鬼だったら、この人の意にそぐわない存在だったなら、やはり折伏(しゃくぶく)なのか――

そこまで考えて、奏斗はぷるぷると頭を横に振った。

「おぉ？　お前もキーンてきたかぁ？」

正面に座っている天が、からかってくる。奏斗にとって、このなんでも許されそうな笑顔が、嬉しくて憎い。この人はいつもこうして自分のことを煙に巻く。本心は、決して教えてくれないのだ。

「……ねえ天さん」

「ん？」

「飛縁魔が俺に言ってたのって、……なんだったんすかね」

目の前のニヤケ顔が、瞬く間に曇った。そしてそれを見た奏斗は、たちまち聞いたことを後悔する。ほら、やっぱり聞かなきゃよかった、と。

「うーん……」

天が唸った後で、湯呑をずずずとすする音だけが、ダイニングに響く。天が何かを真剣に考えている様子が怖くてたまらない。

(天さん。俺のこと、変わらず側に置いてくれますか)

きっと天は、うんと言うに違いない。いや、言わないかもしれない。どんなに必死になったって、実の母親すらあっという間に捨てたような自分に、生きてる価値はないのだから――とまで考えていたら、カップアイスがドロドロになっていた。もうバニラアイスじゃなくて、バニラシェイクだ。

聞く勇気はない。でも、ここにいたい。心が、ぐちゃぐちゃになる。

「あ、やべ！　俺、二神さんにちゃんとお礼言えてない！　今日日曜すよね。ねこしょカフェ行ってきます」

「お？　おい……」

天の答えを待たずに立ち上がり、奏斗はバタバタとダイニングを出た。

こめかみがジクジクと痛むのは、きっと慌てて食べたアイスのせいだ。

もわりとした熱風を浴びながらアーケード商店街を歩く奏斗は、なぜか不安に胸が押し潰されそうになっていた。何か嫌なものが自分に迫っているような、たとえようのない恐怖を感じる。

それを振り切るように、カラロンと古風なドアベルを鳴らして、ねこしょカフェに入った。エアコンの効いた店内の冷たい空気と、古書と、猫。それからコーヒーの混じった独特な香りにホッとしながら奥へと進むと、いつものテーブルに座っている二神と目が合った。

こんなに暑い日なのに、青白い顔をしている。体調でも悪いのだろうか、と思いつつ近づいて挨拶をする。

「二神さん、ちわす」

「奏斗くん……ちょうどよかった、今連絡しようかと」

奏斗に振り返った二神の声は震えていた。

「え？　どしたんすか」

「蓮花さんが、一昨日から帰ってこないんだって。連絡も、つかないみたいで」

かろうじてそこまで言って、二神は耐えきれないというようにテーブルに突っ伏した。その肩に、しゅたんと猫のシオンが飛び乗り「にゃあん」と鳴く。

「帰って、こない？」

カウンターの中の光晴に振り返ると、彼は黙って首を横に振る。こちらも、顔色が悪い。

奏斗の背中を、強烈な寒気が襲ってきた。アイスのせいではない。悪い予感が、当たってしまったと思ったからだ。

奏斗は震える手でデニムの後ろポケットからスマホを取り出し、天に電話を掛ける。

『カナト？　どした』

「天さん、れ、蓮花さんが……」

◇

「……なんだ……？」

一方その頃、蓮花はとある中学校の校門から出てきたところで、呆然としていた。

来たはずの道が、消えていたからだ。

第四章　ブルーヘル

鬼に、なりたいのです。

――そう簡単には、なれないよ。

それでも、なりたいのです。

――ウクックック。なら……

「レンカが、帰らねぇだと？」

日曜日のランチタイム。最も忙しい時間帯のねこしょカフェの奥にあるシオンの特等席。神妙な顔つきのシオンの向かいに座る天は、思わず裏声になった。

奏斗に呼び出されてすぐにやってきた天は、異様な雰囲気をすぐに察知し、いつものカウンターではなく奏斗の隣に座った。

二神は、心配のあまり本当に体調が悪くなってきたため、天と入れ替わりに帰宅している。

「うん。連絡も取れない」

ホットコーヒーを持ってきた光晴が、テーブルにカップを置きながら頷いた。奏斗は、思いついたことを尋ねてみる。

「スマホのGPSとかはどうなんすか？」

「念のため入れておいたアプリで検索したら、潜入先で止まったまま」

「潜入先の固定電話はかけてみたんすか？」

「かけてみたんだけど、内部情報は規定で答えられないって」

シンとなったテーブルに、他の客たちの楽しそうな話し声や笑い声だけが、聞こえてくる。

「……学校への潜入依頼だったか」

唸るように聞く天に、人の姿のシオンが答えた。

「うん。とある私立中学校の保護者からの依頼でね。夏休みの部活動で登校してる生徒たちが、幽霊騒ぎを起こしてたって」

普段ならシオンは依頼内容を決して口にしない。だから天も奏斗も、これはただごとではないぞと言わんばかりに、シオンに注目する。

「幽霊騒ぎ?」

「て、どんなやつすか」

「色々だよ。すすり泣く女の声とか、何かを引きずる音がするとか」

奏斗には、どうしてそれがねこしょカフェへの依頼に繋がるのか、分からない。

「夏休みの怪談、的なやつじゃないんすか?」

シオンはもちろん、と頷いた。

「ボクもそう思ったんだけどね……なんか、生徒数人が学校から帰りたくないって言ってたらしい。実際、親が深夜に学校まで迎えに行って、無理やり引きずって帰らせたって」

天がすぐに疑問を口にする。奏斗も同様だ。

「ちょい待て。学校から?」

「……学校から出たくないってことすか」

「そうなんだよ。変だよね。だから、おたまが一応受けようってさ。これ、調査依頼書」

そうしてシオンが差し出したのは、何枚かの書類だった。天がぺらぺらと読んだ後で奏斗に差し出す。

ざっと目を通してみると、依頼主は、PTAの副会長をしている中学二年の女子生徒の母親、と書いてあった。娘から、同級生である女子生徒が壮絶ないじめを受けて自殺未遂をしたと聞かされているが、学校からなんの説明もない。教育委員会にも相談しているが、調査中という回答のままで何も動いていない。

時を同じくして幽霊騒ぎが起こり、学校に不信感を抱いているので、内部調査してほしいという内容だった。

「これ、結構深刻な依頼ですけど、あやかし関係あります？」

奏斗は率直に意見を声に出した。環への依頼は、基本的にあやかし関連のはずだが、今のところそういった要素を感じない。それを聞いたシオンは、苦し紛れの言い訳のように答えた。

「幽霊ってことでね。まあ、有名私立中のＰＴＡ副会長、ってことで察して」

「あー……おたまさんのコネの片鱗(へんりん)が見えた気がしますね」

シオンは軽く肩を竦(すく)める。どうやら正解らしい。家柄か裕福さか、またはどちらも兼ね備えている筋が関わっているのだろう。

「だが、これとレンカが帰ってこないことと、関係あるのかは分からん。現場行って見てみねぇと、なんとも言えねぇなあ」

「うん……本当ならこんなの、天に頼むのは間違ってるんだけど」

シオンが、俯(うつむ)いたまま吐き出す。

「何かあったのかもしれない……もしそうなら、助けたい」

「天さん、俺も助けたいっす！」

奏斗はシオンに同意して、身を乗り出して天に言う。しかし当の天は苦々しい顔つきになった。

「けどな。俺らは、便利屋だ。レンカを助けるのは、仕事じゃねえ」

天の言うことはもっともだ。今まではあくまで『素行調査』の範囲内で巻き込まれたという体裁を保っている。

ところが『蓮花を救う』という仕事内容は、明らかに便利屋の業務から逸脱している。依頼主がシオンだからといっても、それは覆らないだろう。

「そう言うだろうと思ったよ」

悲しそうに言うシオンは、最初から諦めていたのかもしれない。奏斗から見ても、『ねこしょカフェ』と『便利屋ブルーヘブン』は、あやかし退治の依頼かそれ以外かをきっちり線引きしている感覚があった。

シオンと奏斗が眉尻を下げてしょんぼりしていると、天が「うぉっほん」とわざとらしく咳払いして、しゃべり始める。

「あー、ところでだな。夏休みの学校てやつぁ、草ボーボーじゃねえか？　プール掃除も必要だよなあ」

「天……！」

途端に輝く琥珀色の瞳を、大天狗はニヤケ面で見返す。

「臨時用務員、給料いくらだ？　可愛いカナトにパソコン、買ってやりてぇからよ」

その言葉に驚くのは、奏斗だ。

「な、なんでパソコン⁉　別に必要じゃ――」

「お前なぁ。レポートやるのにいちいち漫喫行ってんだろ。天さんお見通しよ？」

天の言う通り、奏斗は頻繁に漫画喫茶に行っている。というのも大学のレポートや課題を作るのに家にはパソコンもプリンターもないからだ。それにメールも、アカウントは大学から付与されてはいるが、スマホからでは扱いにくい場合もある。

手元にパソコンがあればと思うことはあり、自分のバイト代を貯めて買おうと思っていたのだが、まさか天がそれを察しているとは思っていなかった。

それ以上に、大天狗から『推し』や『元カノ』だけでなく、『漫画喫茶（しかも略称）』という現代的なワードが出てきたことに、奏斗は余計に驚いた。

「パソコンぐらい、ねだれっつうの。水くせぇ」

「なら、俺もその分働きます！」

「だめぇ。この件、俺だけでやる」

「なんでっすか！」

動いた奏斗の肘がテーブルに当たり、ガシャンと食器がぶつかり合い派手な音を立てた。カフェ内を一瞬静寂が訪れたが、光晴が「失礼しました」と笑顔でお辞儀をすると、すぐに元の雰囲気に戻る。

「……役立たずだからですか」

奏斗は悔しさのあまり下を向く。そんな彼の頭を、天は横からくしゃくしゃ撫でた。

「なーに言ってんだ、ちげーよ。とんでもなく嫌な予感がすんだよ。だからダメだ。な」

嫌な予感がするという理由で関わらせない、というのが奏斗にはうまく呑み込めない。納得できず口を尖らせてしまう。

「拗ねんなって」

「拗ねてないっす。ただ、何もできないのが嫌なだけで」

奏斗の言葉を聞いて、天はふむ、と何かを考えこんでいたが、すぐに「ならこうしよう」と提案した。

「依頼主の聞き込みだけ、一緒に行くか」

「いいんすか！」

途端に明るくなった奏斗の顔を見て、天は笑った。

「おう。俺は人間社会のことは詳しくねえ。カナトが一緒に聞いてたら気づくこともあんだろ。じゃ、シオン頼んだぜえ」

「わかった。すぐアポ取ってみる」

すぐにカフェの電話でどこかに連絡をし始めるシオンを横目に、天は八重歯を見せて奏斗を見る。奏斗は自分が役に立てると内心嬉しく思いつつも、うまく丸め込まれたのかも、とどこか胸にもやつきを抱えながら、グラスのジュースを飲み干した。


翌日、早速シオンから「自宅近くのファミレスに、学校関係者と一緒に行くって」と連絡が来た。

相変わらず蓮花は帰っておらず、連絡も取れていない。奏斗は内心かなり焦っているが、今焦っても仕方がない、と自分に言い聞かせながら準備をした。

環の顧客と会うということで、奏斗は半袖のYシャツとスラックスに革靴という格好で臨むことにした。まさかインターンのために買った服がこんなにも役に立つとは、と複雑な気持ちだ。堅苦しい格好は好きではないが、金髪ピアスとはいえ、服だけでも整えれば多少印象がよくなると学んだし、単純に何を着るか悩まずに済む。

隣にいる天は、相変わらず白Tシャツとデニムにアロハシャツを羽織り、足元はサンダルだった。

「おーおー。俺、カナトと並ぶと」

「余計胡散臭いすね」

サングラスをかけた天は、タトゥーも相まって迫力がありすぎる。

「言うねえ！　てかおめえこそ、金髪にちゃんとした服って、詐欺師みたいだぞ」

「うわ！　やっべえ、確かに」

「だっはっは！」

ひとしきり爆笑し合ってから、ふたりは便利屋を出て待ち合わせ場所へと向かう。

待ち合わせ場所のファミレスのドアを開けると、キンキンに冷えた空気と共にすぐに店員がやってきた。奏斗が「二名だが、あとからふたり増える」と言うと、最も奥の四人掛けブースを案内された。ここなら人目や話し声にあまり気を遣わなくて済む。

席に着いて間もなく、中年の男女が入り口から入ってきてキョロキョロしたかと思うと、天を見て軽く頭を下げた。シオンがあらかじめ天の見た目を伝えていてくれたのだろう。

「こんにちは。わざわざどうも」

天が席を立ち丁寧に挨拶をすると、ふたりとも軽く頭を下げながら席に着く。ふたりのうち、依頼者と思われる女性が名乗った。

「香坂と申します」

「便利屋ブルーヘブンの青井です。こちらは、助手」

奏斗は天の紹介に合わせて、軽く目礼をするに留める。

それぞれの飲み物を注文し、目の前に置かれてから、天は本題に入った。

「ご足労おかけしましてすみません。早速ですけど、お話を聞かせてください」

「……調査依頼書は、お読みになっていらっしゃいますか」

香坂と名乗った女性は、この暑さの中ジャケットをびしっと着こなしている。口調も目線も迷いなく、しっかりした人という印象を受けた。

「ええもちろん。その上で、直接お話をお聞きしたいと思った次第です。娘さんの証言、衝撃的でしたよね。そして、普通なら教育委員会が出張るはずだが、そういう動きが全くない、てことで合ってます？」

「はい。まるで娘が嘘を吐いているかのような扱いなんです。でもうちの子は、そんな子じゃありません」

「私からも、校長や教頭に進言したんですが、取り合ってもらえず」

香坂の発言を補うように口を開いた男性に、天が尋ねた。

「失礼ですが、あなたは」

「申し遅れました。司書教諭をしております、高木（たかぎ）と申します」

「ししょきょうゆ？」

首を傾げる天に、香坂が説明する。

「学校の図書室に勤務している先生のことですわ」

「図書の先生が、なぜ?」

高木は、細いフレームの眼鏡の奥にある温厚そうな目で、天と奏斗を見る。彼はいかにも真面目な先生、といった落ち着いたトーンで、語り始めた。

「その、自殺未遂をしたという生徒——真島柚月さんというのですが。毎日欠かさず図書室を利用しているのです。でも、ある日からぱったり姿を見かけなくなった。おかしいので、家に連絡を、と担任の先生に言ったのですが、夏休みということもあって、その必要はないと」

どちらの言い分も分かる、と奏斗は思う。心配にはなるが、夏休みである。各家庭の事情まで、学校側が管理する必要はないだろう。

「そしてちょうど同じ時期に、私の娘の愛莉が動揺しながら言ったんです。『柚月が自殺未遂したってメッセージが、柚月のアカウントから送られてきた』って。心配で何度もメッセージを送ったけれど、既読にならないそうなんです。私は柚月ちゃんのお宅を知りません。ですから学校を通じて対応を願い出たのですが」

香坂は苦しそうな表情で言う。しかし天は、うんうんと頷きつつも肩を竦めた。

「んまあ、家庭のことに、学校が踏み込めない部分もあるでしょう」

「分かっています。けれども事実かそうでないかぐらい、調べていただきたいです。

もしかしたらあの学校は問題を隠すようなところなのか、と不信感を持ちました」

　香坂は眉間にしわを寄せて、言葉尻荒く言い切る。奏斗は、彼女が最後に言ったことこそが本来依頼したい内容なのではないかと感じた。学校の体制に疑問があり、娘が嘘をついているのか否(いな)かを調べたい、と。

「それにもうひとつ、気になることがありました」

　高木がおずおずと口を開く。

「なんでしょうか」

「校内の騒動について、なんですが」

　奏斗は念のため持ってきていた調査依頼書の控えを、テーブルの上に出した。学校内で、女性のすすり泣く声や何かを引きずる音が聞こえたりする、という、夏によくありがちな生徒の証言が書いてある。その後、家に帰りたくないと夜遅くまで学校に残っていた生徒たちを、親が引きずるようにして連れ帰ったことも。

「ええ、拝見しました」

　天が促すと、高木は大きく唾を飲み込んでから、意を決した様子で語り始めた。

「夏休み前、二年の生徒たちが理科の実験で、サシェを作ったんです」

　サシェ？　と首を捻る天に、奏斗がスマホでさくっと検索して、画面を見せる。小さな布袋などに香りの素を入れた、アロマグッズの類(たぐい)だ。

「ほう」

「普通は布の袋にドライフラワーやハーブを入れますが、この実験ではろうそくの燃え方の比較のついでで、溶けたろうを型に流し込んでからハーブオイルを垂らして固めたものを入れていました」

「洒落(しゃれ)てますね」

「ええ。今年から赴任してきた理科の先生が取り入れたんですがね。面白い授業をする、って評判がいいんです。女子生徒に人気がありまして、みんな家からビーズやドライフラワーを持ってきて、飾りつけして楽しかったと。何人かがわざわざ私のところに見せに来てくれたんです。そしてその匂いを深く吸い込むと、ふわふわと夢心地になる、と」

最後のほうの発言を聞き、ぴり、と天のまとう空気が緊張をはらんだ。

「夢心地、ですか」

「はい。私も嗅いでみましたけど、いい匂いだなぐらいでした。その後すぐに夏休みが始まって、部活動で夜まで校内に残っている生徒たちから幽霊の目撃談があり、家に帰りたくないと生徒たちが言い出す騒動があったわけです。その時の子たちは皆、サシェを手に持っていたらしいのです」

「なるほど」

　じっと耳を傾けていた奏斗は、この高木という男から非常に誠実な印象を受けた。わざわざ生徒のために、心配だからと時間を設けて来てくれるような人が、自分にもいたらよかったと思う。

「二十年教師をやってきて、こんなに胸がザワザワするのは初めてです。でも学校側は、大したことだとは思っていません。どうか少しでもいいから調査してもらいたいという気持ちで今日は来ました」

「お話は、分かりました……カナト、すまないが」

　そう言い天が、ぎゅっと眉間に力を入れた。奏斗は、天が神通力（じんつうりき）でふたりの過去を見通す気だろうと察し、頷いた。

　このあと天がぶっ倒れるかもしれない。この暑さの中、駐車場まで担いでいくのもなかなか大変そうだが、そうも言っていられないだろう。

　早速見始めたのか、天は耳の上を赤く染めて、真剣な顔でふたりを交互に凝視している。

「あの……？」

　戸惑う香坂に、奏斗はぎこちなく笑ってみせる。

「えーっと、お気になさらず」

「はあ」

途端に香坂は訝（いぶか）しげな表情になる。ほんの少しの間テーブルに沈黙が下りたが、やがて天が掠（かす）れた声を発した。

「俺たちのことは、忘れて帰っていい」

言われた瞬間、香坂と高木は静かに立ち上がり、店の出口のほうへと歩いて行った。テーブルの上に、飲みかけのアイスコーヒーとアイスティーが残る。氷が解けてカランと鳴ったと思うと、天がぐらりと前のめりになった。

「……うおっと」

奏斗は、腕を出して慌てて支える。

「天さん？」

呼びかけてみるものの、返事はない。

「やっぱ担いで帰るしかねえか……」

サンドイッチか何か頼んでおけばよかったかと思った瞬間、奏斗の腹がぎゅるるるると鳴った。

（車で来てよかった）

会計を終えて天を背中に担ぎ店から出た奏斗は、ファミレスの駐車場に停めておいた軽バンの助手席へ天を乗せシートベルトを締める。運転席に座った奏斗はエンジンをかけると、エアコンの送風口を自分に向けて風量を最大にした。

真夏の車内は、ほんの一時間駐車しただけでも、サウナのように暑かった。送風口からは温風が吹き出てくる。走りながら冷やしたほうが早い、とアクセルを踏み込む奏斗の横で、天はぐったりと目を閉じたままだった。

（珍しいな……）

いつもなら薄っすら意識はあるのだが、今は声をかけても揺すってもなんの反応もない。まさに気絶している。

（それだけたくさん、神通力を使った？）

思い至るや、ぞわりと奏斗の背中を寒気が駆け抜けた。

天には、嫌な予感がするからこの事件には関わるな、と言われた。確かに、蓮花が帰って来られないということは、よほどのことが起こっているに違いない。

だが奏斗は、だからこそ一緒に解決したい、と強く思っていた。最初から排除されることに納得がいかない。仲間じゃないのか。弟子と言ったのは嘘だったのか。隣で寝ている天を、心の中で何度もそう問い詰める。

（すげえ、って言ってくれたのに）

奏斗には、自分も便利屋の一員だという自負がある。理由も分からず排除されるのは、やはり納得がいかない。関係者への聞き込みだけだなんて中途半端なことではなく、最後まで関わらせてほしい。

今、奏斗の手の中には調査依頼書があり、現場の中学の住所もある。それに今なら、奏斗が行くのを、天は止められない。

思いついてからというもの、奏斗の心臓はずっとバクバクと跳ねている。ハンドルを握る手に、じわりと汗が滲む。

(怒られるだろうな……でも俺だって蓮花さんを助けたい。それに今度こそ、ちゃんと天さんの役に立ちたい)

奏斗の中で、ずっとくすぶっている思いがある。トラウマと言われればそれまでだが、雑居ビルでの光景を、忘れられない。

——母に、捨てられた。

もちろん、天は優しい。笑って、いつまでもいればいいと言ってくれるだろう。でもそれだけでは、足りない。たとえ奏斗がなんだろうと、何があろうと、天の側にいられる理由が欲しい。

(ああ、そっか。俺はもう『一緒にいたい』だけじゃ足りないんだ。天さんと『家族』になりたいんだ)

お前が必要だ。お前じゃなきゃだめなんだと言われたい。それは狂おしいぐらいの『天に愛されたい』という渇望だった。

ひりひりと渇いた喉に、持ってきたペットボトルの水を流し込む。すっかり温(ぬる)くなったそれでは、全く潤いが足りなかった。

奏斗は店の裏側にある砂利敷きスペースに軽バンを停め、助手席のドアを開いて天の巨体を背負う。

便利屋の二階、奏斗の部屋の隣にある天の部屋まで担いで上がるのは、何度目だろうか。頭を天井にぶつけないように、体をできるだけ低くして階段を上る。ギシギシ鳴る床は、大の男ふたりの体重に悲鳴を上げているかのようだ。

襖を開け部屋のエアコンの電源を入れて、背中に天を担いだまま押し入れから布団を引っ張り出して敷き、上に寝かせる。手慣れたものだ、と奏斗はふっと笑ってから、真剣な顔で天を見下ろした。やはり、ぴくりとも動かず呼吸だけをしている。

「天さん、ごめん。やっぱ俺……」

罪悪感を胸に抱えて、微動だにしない天を前に呟く。しかしグッと拳を握り込むと、奏斗は早速行動に移した。

Tシャツとデニムに着替え、書類をスマホのカメラで撮る。そしてリュックにお茶と軽食、モバイルバッテリーやタオルなどを入れて、家を出た。

現場の中学までは、電車を乗り継いで片道四十分ほど。私立中学ということで、裕福な子が通うんだろうなと大雑把なイメージで校門まで来た奏斗は、校舎の綺麗さと敷地の大きさに圧倒された。

校門横のインターホンを鳴らし「今日から来た用務員です」とカメラに向かって名乗ると、脇の小さな鉄柵の鍵がゆっくりと開く。

『どうぞ』という案内とともに、奏斗は鉄扉を押して中に入った。

スマホのGPSが止まったままだとしたら、姿はなくても手掛かりはあるはずだ。

奏斗はごくりと唾を飲み込んでから、歩き出した。

「ゆづき?」

中学二年の真島柚月が、夏休みで人気(ひとけ)のない校舎を歩いていると、後ろから名前を呼ばれた。

声の主が誰かは分かっているが、気づかないふりをし、早歩きで図書室へ向かう。

「ゆづきでしょ⁉　ねえっ!　ゆづきっ‼」

底抜けに明るい声は、同級生である香坂愛莉のものだ。

くっきりとした二重で、小顔の美少女。色白で、胸も大きい。成績は常に学年二十位以内。バスケ部の副部長で、スポーツも万能。

この学校は、愛莉を中心に回っている。そう錯覚させるほど、人気の生徒だ。

「いやだ。いやだ。もう、関わりたくない」

足早に歩きながら漏れる独り言が、届いていなければいいと柚月は思うが、すぐに、いや届いたほうがいいのか、と思い直した。

小学五年生くらいから、『一軍』と呼ばれる女子たちと自分との間に、大きな隔りができ始めたと柚月は感じていた。

見た目。家庭環境。持ち物。性格。何が基準なのかはっきりとは分からないが、目に見えないラベルをお互い勝手に貼り始め、そのラベル分けが学校内での地位になる。それは中学に入っても変わらないどころか、より確固たるものになった。

スクールカースト。大人が名づけた単語は、今まであやふやだった境目を明確にする役割を果たしている。そしてそれは、ただただ自分が下のほうにいる、という事実だけを柚月に突きつけた。

この名づけに、いったいなんの意味があったのだろうか。結局上流を自認している人間どもが、下流を自覚しろと強制しているに過ぎないじゃないか、と柚月は思う。

カースト下位だからといって、表立って何かをされるわけではない。

ただ教室にいるとちらちら見られては、「くすくす」「だっさ」「暗～」と言われたり、廊下で肩をぶつけられたり、ゴミを見るような目で見られたり、雑用を押しつけられたり。

ところが愛莉は、そんな柚月にも他者と変わらず接する唯一の存在だった。助けるわけではなく、淡々と。ただ『平等に接してやっている』という、自己満足。

柚月は、そんな風に感じていた。

（ああ。私は、底辺だ）

すとん、と胸に落ちてきたそんな自己評価が、毎日真綿のように柚月の首を絞めていく。じわじわと毎日少しずつ、死んでいっているのを実感する。

不細工で、勉強もスポーツもできない。家は貧乏。性格は根暗。努力して勉強したけれど、要領が悪い。顔はどうにもならない。家も性格も、どうにもならない。親ガチャなら、はずれだ。人生も、何もかも、はずれ。

そう考えながら歩くうちに、いつの間にか愛莉の気配はなくなっていた。

柚月は、夏休みの間、受験生の自習用に解放されている図書室に逃げ込んで、分厚いファンタジー小説を読んでいる。

狭くて古い家には、柚月の居場所はない。祖母が認知症を患っていて、パートの仕事と介護で疲れ果てた母がいつもイライラしている。こんなことなら私立なんて入れるんじゃなかった、と暗に柚月を責める。望んで入ったわけではない。周りに踊らされて受験させたのは、母だ。

お金がないからと、街で適当なオヤジに体を差し出して稼ぐ勇気もない。そもそも不細工は需要がないだろう、と考えることすら傷つく。学校の外でだって最底辺。どこにも居場所がない。息ができない。

『なら、これをあげるよ。一日、一ページ。中身を全部、埋めてごらん。その代わりに君は――を失うけれど』

二年生になる前の春休み。田舎にある祖父の墓参りをした時の記憶は、なぜかところどころおぼろげだが、その言葉は覚えている。

思い出せるのはその言葉と、青く長い髪をかきあげる、息を呑むような美しい男の微笑みだけ。ソレに出会ったのは私だけだ、という優越感すら引き起こさせる、絶対的な存在だった。

「こんにちは」

図書室に入ると、臨時の事務員という女性――カスミ、という苗字らしい――が、図書室入り口にあるカウンターの中から、珍しく柚月に声をかけてきた。

きっちりと身に着けている白いブラウスと黒いジャケット。ボタンがしまっているのが不思議なくらい大きなバストに、男子生徒たちが夢中になっているのを小耳に挟んだことがある。今日に入ったそれに対して、「バカみたい。あんなの邪魔だし、ただの脂肪じゃん」と柚月は心の中で悪態をつく。

「……」

結局その挨拶には応えず、柚月は無言で頭を下げ、定位置の自習席へと向かった。

一階にある図書室の窓際。一席ごとにパーテーションが設けられている席からは、にごった池と、その横のひまわり畑が見える。ひまわりは皆背が高く、皆太陽の方向を向いているが、その様に柚月は嫌悪しか感じない。

その奥には、古びたブロックを積み上げただけの用具倉庫。錆びた鉄扉には南京錠が付けられていて、おそらく今は使われていない。

絵の具で塗りつぶしたような青空と、綿菓子のような雲、そして風で揺れるひまわりが、柚月の視覚にささやかな夏と孤独をもたらしている。

(ああ、帰りたくない。何もかも、なくなってしまえばいい)

本の下に隠すように置いてある古い一冊のノートには、柚月が書いた血みどろの恨みが詰め込まれている。

——ちょっと、日直当番。やっといてくれないかな？　私今日塾あって。

——やべえ~今目ぇ合った？　こっわぁ~。

——真面目そうなのに勉強できないとか、終わってるよな。

——あんなんで愛莉の友達とか、嘘でしょ？

(いったい、私をなんだと思っているんだろう？)

心の中で今出てきた人物の顔にバツをつけながらノートを開き、シャープペンシルで自身の感情を書き記す。


私をいじめたやつら。それから見て見ぬふりをしたクラスのやつら。

全員地獄に落ちろ。私を傷つけたお前ら全員、死んでしまえ。

なんで私ばっかり辛いの。こんなに一生懸命生きているのに。

人間は辛い。もう生きたくない。

鬼になりたい。鬼になったら、全員地獄に落としてやる。

落ちろ！　落ちろ！　落ちろ！


柚月のシャープペンシルを握る手が、ぶるぶる震える。これまで恨みを書き連ねていて、ようやく最後のページ、最後の一行まで、書き終えたからだ。

「ねえ、終わったよ。私を、鬼にして？」

ここが図書室だということも忘れて、柚月は宙を見上げて呟く。すると、頭の中に低い声が響いた。

『ウクックック。いいね、いいねえ。恨みで埋まってるなぁ』

くつくつと笑うその特徴的な声を、柚月は覚えていた。

「鬼にしてよ」

『急がないでいいよ。仕上げしなくちゃね』

「しあげ……?」

そう聞くなり、柚月の手の下で開かれているノートが熱くなる。驚いて手をのけると、ぱらぱらと勝手にページがめくれて裏表紙が現れ、そこに『酒』の文字が浮かんだ。

途端に、むせかえるような芳醇（ほうじゅん）な香りが漂い、柚月は意識を失った。

「こんにちは」

蓮花が図書室のカウンターの中から声をかけた相手は、二学年の女子だ。学年は、上靴のラインの色で分かる。名札に書かれた苗字が『真島』だったので名簿を確認すると、幸い学年にひとりだけだった。真島柚月というらしい。

にきびの目立つ顔に、目が隠れるくらいの長い前髪。肩より少し長い黒髪は、無造作に垂らしたまま。

いつも猫背で目を合わせようともしないので、今日は声をかけてみたが、かろうじて会釈が返ってきただけだった。彼女から存在感が揺らぐぐらいの異様な気が漏れているのを、蓮花は感じていた。

先日この学校の保護者から「生徒たちが幽霊を見たと騒いでいる、調べてほしい」という依頼がねこしょカフェに舞い込んできた。

よくある『夏休み前に盛り上がる怪談の類』だろう、と最初は軽い気持ちで聞いていた蓮花だったが、「自殺未遂の生徒がいたのを隠している。学校から家に帰りたがらない生徒がいた」という話を聞き、受ける気になった。今まで退魔師として数々の仕事をこなしてきた自負があるが、その経験でもって、この件はただごとではないという勘が働いた。

そうして臨時の事務員として潜入したわけだが、蓮花はこの柚月という生徒がどうしても気になり、夏休みの受験生のために開放されている図書室の当番に名乗り出た。高木という常勤の司書教諭がいるが、夏休みは何かと外部研修や公立図書館への出張が多いそうで、当番交代はかなり助かるらしい。

受験生のために、といっても夏休みの間の図書室利用者はゼロだ。大体の生徒は、夏休みまで好き好んで学校に来たがらないだろうし、塾で勉強することも多い。そもそもバスで十分ほどの距離に大きな公立図書館があり、自転車で行ける距離にはフードコート併設のショッピングモールもある。皆がそちらに行っているのは、事前調査済みだ。

にもかかわらず、柚月は毎日この図書室に通っている。

今のところ蓮花の目に、あやかしの気配は見えない。だからこそ、彼女の異様な気はなんなのか気になっていた。

「帰ったら、天に相談してみるか……」

別の先生へ図書室当番を引き継いで退勤し、正門を出ようとしたところで、気づく。

「……なんだ……？」

帰り道が、消えている。

「⁉」

急いで周囲を観察するが、街並みに変化はない。

ただ、帰り道だけが消えている。いや、道はあるのだが、どう帰ればいいのかがさっぱり分からないのだ。

「くそ、いつだ」

帰りたくないと駄々をこねた生徒たちもきっと、同じだったのではないか。頭の中から帰り道が消えている。親が引きずるようにして連れていくことで、帰ることができた。

自分に術がかかったという自覚はない。今までこの学校で働いていて、こんなことはなかった。今日に限って、いつもと変わったことと言えば。

「真島、柚月……！」

柚月に声をかけたことだ。柚月がまだ残っていたら、何をしたのか問い質さなければ、と急いで蓮花は来た道を振り返る。

正門を背にして校舎へ戻り、廊下を歩いて図書室へ入った——瞬間、つんざくような耳鳴りに、顔をしかめた。

「ああ、まずい。やらかした！」

違う領域に入ってしまった、と蓮花は内心で毒づく。

今いるのが校内なのは変わらない。だが、何かが違う。窓の外に見える空は暗く、午後五時を指していたはずの壁の時計の針が消えて、文字盤だけになっている。

蓮花は、神経を尖らせて警戒するが、人の気配は感じない。むしろ、温かく心地よい空間のように感じる。

「ここは、なんだ⁉」

自分に害があるわけでもなく、むしろ自分を癒やすかのようなゆったりとした空気が流れている気さえする。徐々に、固く結んでいた理性が解けていく。

私は今まで何に苦しんできたのだろうか、ここなら楽になれるのではないか。そんな考えと共に蓮花の中から、ほろほろと何かがこぼれ落ちていく。

『涅槃だよ』

艶（つや）のある低い男の声が、蓮花の耳を震わせた気がした。

山の頂上と思われる広場に、泉のように湧き出した温泉がある。

まだ明るい空の下、着物を雑に羽織ったふたりの大柄な男が膝から下を湯の中に浸けていた。

ひとりの肌は青く、もうひとりの肌は赤い。その見た目だけでも異様だが、どちらも額には角（つの）が生えていた。青いほうは一本、赤いほうは二本。真っ昼間からお猪口（ちょこ）に入った何かをぐびぐび飲みながら、穏やかな表情で言葉を交わしている。

「人が愛しいって気持ちは、全く理解できないなあ」

青いほうが言うと、赤いほうがハハハと笑った。

「そう？　か弱くて、笑顔が可愛い。話も面白いぞ」

青いほうは唇を尖らせ、不満げに返事をする。

「殺して食うほうがうまい」

赤いほうは、青いほうが持っているお猪口（ちょこ）へとっくりの中身を注いだ。

「はは！　一緒に飯を食うほうがうまいぞ」

青いほうはそのお猪口を傾け、おいしそうに飲む。だが、口調は不満げだ。

「そうかあ？」

「そうだよ」

「じゃあ、好きにしてみなよ。協力してやるからさ」

青い男が言うと瞬時に場面が変わり、作物がまばらに植わる畑の中に、木で建てられた粗末な小屋がぽつんと見える。その中から、おんおんと男の泣く声がした。

『茨木童子は、見た目は赤くて人とは違うし角も二本あるけれど、心優しくていい奴だよ。安心して幸せにね』

赤いほうの男は、そう書かれた文を握りしめて、いつまでも、いつまでも泣いていた。

「……んなの、全然嬉しくないよ、外道丸……俺は、俺は！　お前も一緒にっ……」

その横で男の背を愛おしそうにさすり、寄り添う着物姿の女性の腹は、大きく膨らんでいる。

「……俺は、俺の子を育てるよ。お前が寂しくないように。きっと、いつか会える……」

（え。今の、なんだ⁉）

校内一階にある、校舎と校舎をつなぐ開放的な渡り廊下へ足を踏み入れた奏斗は、白昼夢を見ていた。赤鬼と青鬼が仲良く語らっていたのを、鮮明に覚えている。

ぶんぶんと頭を振ると、目の前に、誰もいない学校の校庭が再び現れる。

廊下を歩きながら、キョロキョロと職員室を探す。初めて入った校舎は、迷路のようだ。役所と違って、道を示すものがない。

勘でもって歩を進めながら、周囲の様子を観察する。夏休みといえど教師は出勤している他、部活動があるのだろう、そこここに人の気配がしている。

「あ、どうも！　新しい用務員さんですよね！」

後ろからそう声をかけられ振り返ると、初老の男性が駆け寄ってきて、教頭と名乗った。頭髪の薄い頭から垂れる汗を拭き、ぺこぺこと頭を下げている。小柄なので、大柄の奏斗はその頭頂しか印象に残らなかった。

「すみません、校長先生は体調を崩されていましてね。ええと、こちらが仕事内容と校内図になりまして……といっても私もあまり把握してなくてですね、申し訳ない」

「どうも」

教頭は、ホチキスで留められたプリントを奏斗に渡した。

受け取って中を確認すると二枚組になっていて、言われた通り『草むしり、校内の掃除、その他雑用』と書かれた紙と、もう一枚は簡単な地図だった。

「おかまいなくです。これ見ながらやっときますんで」

「それはそれは！　助かります、はい。あ、これ首から下げておいてくださいね。ではではこれで」

教頭は奏斗に『入校許可証』と書かれた首から下げる紐がついたＩＤタグを渡すや否(いな)や、ああ暑い～と漏らしながらパタパタと去っていく。おそらくエアコンの効いている職員室に、一刻も早く戻りたかったのだろう。

「てっきとうだな。さすがに名前も身分証も確認しないのはどうなんだろ。……助かるけどさ」

奏斗は独り言を漏らしながら、校内図を頭に入れる。

「蓮花さん、どこだ」

ひとまず奏斗は、校内を片っ端から見て回ることにした。まずは部活動などで人がいそうな体育館へと向かおうと、校舎から体育館へ繋がっている渡り廊下へ向かう。

「ん？」

しかし渡っている最中、奏斗はふと立ち止まった。

ふと鼻先を、いい香りが掠(かす)めた。甘い匂いだ。そして、嗅いだことがある気がする。

「……まさか」

――涅槃香(ねはんこう)に、よく似ている。

直感的に気づいた奏斗は、匂いのもとへ向かって走り出した。廊下を走るなと怒られそうではあるものの、夏休みの校舎に幸い人影はないのでその心配もない。

奏斗の肌が、ずっと粟立っている。香りの強いほうへ向かって走りながら、むせかえるような芳醇(ほうじゅん)な香りに顔をしかめる。

そしてとある扉の前で足を止めた。香りが非常に強く、異様な気配を感じたからだ。

「図書室……?」

立ち止まった部屋の扉上にあるプレートを確かめた奏斗は、天と光晴にメッセージを送るため、ポケットからスマホを取り出した。アプリとショートメールの両方を使って『中学校の図書室から、涅槃香(ねはんこう)の香りがした』と何度も送る。どれかが届けば、という思いだ。

それから意を決して、ガラス窓の付いたスチール製の引き戸を開けた。

入ってすぐ左にカウンター、右側にはみっしりと本が並べられた背の高い本棚が並んでいるのが目に入る。奥の窓際に個別の仕切りがある自習スペースと、本棚の奥の空間には広いテーブルがいくつか置いてある。室内に人の気配は感じない。

ゆっくりと中に足を踏み入れた奏斗は、キーンと耳鳴りがしたのに気づいたが、足を止めずに進む。物音ひとつしないのは、図書室という場所だからだけではないように感じた。

人の気配どころか、蝉の声もない。まるでここだけ隔離されているかのようだった。

「蓮花さんっ！　いますか⁉　蓮花さん！」

奏斗は名前を呼びながら、室内を見て回る。戻らなくなって五日は経っている。普通なら衰弱しているはずだ。

するとすぐに、自習用の机が並べられたスペースの近くで、蓮花を発見した。

「蓮花さんっ⁉」

蓮花は床に直接座り、本棚に背を預け両足を前へ投げ出すような姿勢で、ぼんやりと窓を見上げている。その瞳には光も力もなく、うっとりと上気した頬は、高揚感と幸福感に満たされているようにしか見えなかった。

奏斗は近くの床に片膝を突き、蓮花の肩を叩きながら何度か声をかけてみるが、反応はない。

代わりに、だらりと投げ出された蓮花の左の手のひらから、じわじわと白い煙のような何かが立ち上って、うっすら宙に消えていっているのが目に入った。

彼女の親指の付け根にある、青い蓮の花の痣が薄れているのが目に入る。蓮華の印は、退魔刀が宿る印だ。それが薄いということはつまり、退魔のための力が失われているのではないかと奏斗は予想し、焦りを覚えた。

「くそ、何かの術か⁉」

奏斗は蓮花の様子を視界の端に捉えつつ、周囲を丹念に観察する。窓の外には異様に暗い空と、ひまわり畑、その脇の濁った池と古い用具倉庫が見え、今のところ人影もなければ人の気配も感じられない。

「どうなってるんだ……」

この空間に漂う芳醇(ほうじゅん)な香りは、やはり羽奈が必死に封じようとしていたあの涅槃香(ねはんこう)によく似ている。涅槃香(ねはんこう)なら、蓮花の煩悩の火を消し、やがて死に至らしめてしまう。

焦る奏斗は、必死で蓮花に話しかけ始めた。

「蓮花さん！　起きてください！」

ぐらぐらと蓮花の肩を揺らすが、奏斗にされるがままで、恍惚(こうこつ)とした表情は変わらない。

「蓮花さん！　みんな心配してますよ！　みっちーさんも、シオンさんもっ」

少しだけ、蓮花の目が揺らいだ気がした。奏斗は何度も体を揺らしたり、肩を叩いたりしてみる。だが、反応はほとんどない。

「っ……二神さんが！　蓮花さんに会えないショックで寝込んでます！」

これは本当のことで、二神が隈(くま)だらけの青白い顔で出社したらリモートワーク命令が出た、という全然笑えない話がある。

「二神さん、心配しすぎてフラフラで、出社できなくなって。今にも倒れそうなんですって。蓮花さんがいないと！」

営業のエースを失った会社は、売り上げが下がって大変なことになっているらしい。それもまた、笑えない。

「このままだと、二神さんの会社潰れちゃいますって。全然笑えないのに、天さんは『蓮花すげえ』ってゲラゲラ笑うんですよ！」

奏斗は必死に言葉を紡ぐ。ふ、と蓮花が笑った気がしたが、続ける。

「蓮花さん……蓮花さんがいなかったら、俺、悲しいです。色々話したいです。妖怪のこと、たくさん教えてほしいです。また一緒にご飯、食べましょうよ」

その時、蓮花の口が動いた。

「……ろ」

「え⁉　蓮花さんっ⁉」

震える唇に耳をつける勢いで、奏斗は一心に蓮花の息遣いに耳を傾ける。

「に、げ、……」

「蓮花さん！　くっそっ、蓮花さん！」

うっすらと意識を戻した蓮花に、ひたすら呼び続けることしかできない。

奏斗は無力だった。

◇

「……き。ゆづき」

（……え？　その声、愛莉？）

柚月は、心地よい湯に浸かるように温かく、白い空間にいた。とてもよい匂いがするそこでふわふわとした心地の柚月の耳に、愛莉の淡々とした声が聞こえてくる。

「柚月のママ、ずっと病院で泣いてる。待ってくれてるよ」

（びょう、いん？）

「うん。柚月、まだ死んでない。生き霊になって学校をウロウロしてたでしょ。みんな幽霊だ、呪われるって騒いでて。私、それが柚月だってすぐ分かった。だからあの廊下で呼んだ時、帰りなよって言いたかったの」

（そっか、学校で呼ばれた時……でも、いやだよ。辛いもん）

「大丈夫だよ。私がいるよ」

（愛莉がいても、変わらない。愛莉には、分かんないよ）

柚月と愛莉の姿が、ぼんやりと図書室に現れる。柚月が首を巡らすと、誰もいない図書室の奥のほうに、紫の霧のようなものが見えた。

「だからさ、柚月をいじめた奴ら全員閉じ込めて幸せにしてあげたらいいんだよ。あのサシェってさ、みんなの分を集めて吸うと、あんな風に別の空間に閉じ込められるんだよ」

柚月は、愛莉の目線の先にある、薄い紫色の霧のような膜の向こうを見る。そこには足を投げ出すようにして本棚に寄りかかって座る女性と、それに寄り添う男性が見える。

姿形がはっきりとしてきた柚月は、愛莉の真正面に立ち問いかけた。

「閉じ込める？　幸せにってどういうこと？　罰じゃなくって？」

「満たされたら、他人のことなんてどうでもよくなると思わない？　実際みんな幸せそうだよ。あの日実際閉じ込めてみたけど、無理やり連れて帰られたら、前より親に気にかけてもらえるようになったみたいで、他人どうこうする気持ちは薄れてるみたい。ただのかまってちゃん。ま、飽きたらまた他の人をいじめて、承認欲求満たすんだろうけど」

凍てつくような目つきの愛莉を前にして、柚月は戦慄する。大きく可愛いと思っていた目が恐ろしいと、初めて思った。

「みんな自己中だし、くだらないよね」

「……愛莉はいいじゃん。みんな愛莉のこと好きだもん」

「違うよ。みんな私に好かれて、自分が優位に立ちたいだけ。ただのマウント」

愛莉は、話しながらゆっくりと柚月に近づいてくる。制服のスカートが揺れている。

柚月は思わず後ずさりしたくなるのを、かろうじて耐える。

「私が見つめたら、幸せそうな顔をする。けど、私は全然幸せじゃない。気持ち悪い。みんな、親ですら、私のことばかり欲しがって。ほんっと気持ちが悪い」

「愛莉」

「だから、柚月が羨ましかった。誰にも相手にされずに、ひとりでいられる。自由で、自分の意思で死ぬことだってできる。私は……私はいつも、みんなの理想の中で、がんじがらめにしか生きられない」

鼻先が触れ合うぐらいの近い距離で、愛莉は立ち止まって、微笑んだ。

「ね？　こちら側も、地獄でしょ？」

柚月は悲鳴を上げる。目の前の笑みが恐ろしかった。それと同時に、ふたりのいる空間が歪み始めた。

「あーあ。絶望しちゃった？　もう戻りなよ。あとは私のものだから」

「愛莉っ⁉」

「バイバイ、柚月」

愛莉は柚月をじっと見つめて手を振る。すると愛莉の手のひらの中へ、図書室がぐるぐると円を描いて吸い込まれていき――

◇

「……させねえっ」

「解っ！」

ぱんと何かが弾けた音がして、奏斗は振り返る。いつの間にか、天と光晴が図書室内へ姿を現していたのだ。光晴の肩には、猫の姿のシオンが乗っている。

「あっ！　天さん！　みっちーさん！　あれ……？」

天と光晴が眼前に現れた喜びと、ふたりの側に立つふたりの女子中学生を見つけた戸惑いで、思わず眉間にしわを寄せてしまった。

天は苦笑いで奏斗に片手を挙げ応えると、柚月と愛莉へ目を向けた。

「おう。あ～……アイリって言ったか。お前のユヅキへの未練のおかげで、なんとか間に合ったぞ」

天の気さくな声音とは裏腹に、愛莉はぎりりと天を睨みつける。その側で、柚月が驚きに目を見開いていた。

「だ、誰!?」

光晴は眉尻を下げると、下唇に人差し指と中指を当てながら小さく何かを唱えたあとで、その問いに答える。

「助けに来ました。……なるほど幽霊騒動というのは、あなたのことか。生き霊がここまで具現化しているとなると、死の淵を彷徨ったんですね。可哀想に」

「なん、なの」

戸惑う柚月をじっと見つめる天が、色々見透かしたかのように口角を上げた。

「は～ん？　酒呑童子がそそのかしたのは、生き霊の子のほうが先か。匂いが強い」

光晴も天に同意する。

「そのようですね。そして、命を懸けた術の続きを引き受けたのが」

「うん。私」

にこ、と愛莉が綺麗に笑う。

「だって柚月ったら、ノート書き終わらないうちに耐え切れなくなって自殺するんだもん。ほんっと中途半端なんだから。生き霊になってまで残りを書き続けてるけど、そんなんじゃ『檻』は完成しないし、無駄になっちゃうじゃん？」

それを聞いて、天は苦笑する。

「二段構えたぁやるなあ、酒呑の野郎。おかげでねっとりした空間ができちゃってまあ」

「感心してる場合じゃないよ、天さん。『涅槃の檻』だなんて厄介だ。早くれんちゃんを」

「おうよ……カナト、おめえの説教は後回しだ。レンカの術を解く」

「……はい！」

天が急いで蓮花に駆け寄るのを見て、奏斗はホッとする。そして、その様子を見ていた光晴は振り返り、愛莉に鋭い視線を向けた。

「それで。どうする気だったんですか？」

「え？」

「鬼と縁を結ぶだなんて、安易にすることじゃない」

「別にいいじゃない」

フンと鼻を鳴らす愛莉に対して、光晴は深く溜息を吐いた。

「あなたは、自分の傲慢さに気づいていない」

「説教？　うっざ」

鬱陶しそうに前髪をかき上げる愛莉の態度にも、光晴は淡々と向き合う。

「さっきまでいいことを言ってた風だけど、その実あなたは、友達の命を利用した」

「捨てようとしてたのを使って、何が悪いの？」

ふてぶてしい態度の愛莉へ、光晴はきっぱりと言い切る。

「悪くはない。ただ、あなたは――人の心を捨ててしまった」

光晴の言葉が引き金になったのか、半そでの制服からのぞく愛莉の右腕が、指先から徐々に青黒く染まっていく。それを見た愛莉は、たちまち血相を変えた。

「な、何これ！　何よこれっ！」

「鬼になるのは、柚月さんではなく、あなたのほうだ」

いつの間にか、光晴が冷たい目をして、指で何らかの印を結んでいる。

「うそ、うそ、い、や……違う！」

「違わない。人を捨て、柚月さんの魂を捧げた。これは間違いなく『鬼成り(おにな)の術(じゅつ)』だ」

奏斗は愛莉の絶叫を聞いて、慌てて彼女に駆け寄ろうとするが光晴がそれを制す。愛莉は自分の腕を見ながらただひたすら叫んだ。

「違う！　違う‼　私は、ただ！」

イヤイヤと首を横に振り、奏斗と光晴を見て大声をあげる。震える膝が身体を支えきれず、彼女は床に両膝を突いた。額が痛むのか、両手でふさぐようにして覆いながら、天井を見上げて悲痛に泣き叫ぶ。

「いやあああああああ‼」

それを見下ろす光晴は、蓮花にかけられた術を解いている天に向けて、そちらを見ないまま語りかけた。

「角(つの)が生え始めている……天さん、このままだとこの子、本当に鬼に成ってしまう」

会話を聞いていた柚月が、みるみる慌てだす。

「え、なん、だめ、だめだよ」

「自業自得だ」

だが天は、冷たく言い捨てた。

「そんな！　天さん！」

「黙れカナト。あれも因果だ」

奏斗は冷酷な大天狗を前に言葉を失い、動きを止める。因果と言われてしまえば、もう何も言えない。母の心を喰らい続けるあやかしのように、自分が招いたものは最後まで自分で引き受けなければならないのを知っているからだ。

「でも、天さんっ」

それでも納得できず、奏斗は必死に訴えるが、天の表情は変わらない。

「いやああああ！　違う！　やめてえ！　鬼になんかっ！」

愛莉は、宙に向かって泣き叫ぶ。それに合わせて、柚月も必死で叫ぶ。

「愛莉を助けて！　お願い！　鬼になりたかったのは、あたしなんだからあっ！」

鬼に成っていく愛莉と必死に叫ぶ柚月。彼女らを見た奏斗は、天へ再び懇願する。

「天さん！　助けてあげてください！　お願いします！　助けたいっすよ！」

「カナト……」

やがて天は根負けした、というように首を垂れた。

「はああ。俺もカナトにゃ甘ぇな。……みっちー、いいか？」

天が唸るように言うと、光晴はぐっと肩に力を入れてから頷いた。

「ええ。決めましたから。奏斗くんのためにも、ね」

「俺のため？」

奏斗に向かって優しく微笑む光晴の手の中には、既にお札が何枚か用意されている。

素早く指で印を切り、「封」と言いながら光晴がそれらを飛ばすと、青黒く変わった愛莉の腕を覆うようにべたべたと貼りついていく。

涙でぐしゃぐしゃの顔で泣き叫んでいた愛莉は、不思議そうにそれを見た後で、がくりと気を失い床に倒れた。

「わ！　みっちーさん⁉」

「うん。もう触って大丈夫だよ」

「はい！」

「奏斗。私が」

動こうとした奏斗の背後から、蓮花が立ち上がりながら声をかける。呆れたような顔をしつつ支える天の手は、雑に振り払っていた。

「蓮花さん、大丈夫すか⁉」

「ああ」

蓮花は床に倒れた愛莉の側に両膝を突き、仰向けにして寝かせる。奏斗も、愛莉の様子を蓮花の頭上からのぞきこんだ。

その間に光晴は、柚月を振り返った。

「もう大丈夫。君は元の場所へおかえり……体と魂を繋ぐ糸が切れかけてる。時間がないよ」

「えっ……でも」

「あなたの心は、透き通っていてとても綺麗。だからほら、見えるでしょう？」

光晴の肩に乗っていたシオンが、宙に飛び上がりくるんと回転してから床に降り立つ。瞬きの間に人の姿になり、柚月に微笑みを向けた。

柚月はその光景に目を瞠（みは）っていたが、目の前に差し出されたシオンの両の手のひらから、煌（きら）めく紫色の蝶が何羽もひらひらと飛び立つのを、素直に目で追った。

「やあユヅキ。僕はシオン」

「シオン？」

微笑むシオンが、優しい声で誘（いざな）う。

「うん。もう大丈夫だよ。この子たちが道案内してくれるから。追いかけてね」

柚月は、シオンの琥珀色の瞳に目を奪われた様子であるものの、不安そうな顔をしている。シオンは微笑みを絶やさず、柚月へ一歩近づいた。

「僕、君と友達になりたいんだ。だから、ちゃんと体ごと戻っておいでよ。今のままじゃ、手も繋げないじゃん」

「友達……じゃあ、また会える？」

期待を込めた柚月の目の前で、シオンは強く頷いた。

「もちろん。約束する。さ、行って」

「約束……よ……」

そう言うと同時に、夢見心地のように微笑む柚月の姿が薄らいで、蝶と共に空へ飛びあがった。道案内するように、蝶が柚月の前をひらひらと飛んでいる。

柚月は素直に、自分の体からキラキラと出ている、銀糸のようなものを追いかけていき、やがて彼女の姿は消えていった。

「ふう。鬼成りは落ち着いたようだな。さすが光晴さんだ」

柚月を見送った後、愛莉の様子を慎重に観察していた蓮花が言うと、シオンがドヤ顔をする。

「へへ。僕の主、特製のお札だからね」

「シオンったら」

　光晴がふっと気を抜く一方で、天は奏斗の脳天に拳骨(げんこつ)を落とした。ごつ！　と鈍い音が図書室に響く。

「イッ！」

「バッカヤロウが。あれほど関わるなっつったのに。……無事でよかったけどよ」

「……ごめ、なさい」

　頭蓋骨が陥没するかと思うぐらいに痛かったが、奏斗は天がそれぐらい心配してくれたことが嬉しかった。涙目で頭頂をさする奏斗に、蓮花が寄り添う。

「天、そう怒るな。奏斗が来てくれてよかった。あたしは瀬戸際で奏斗に引き留められたんだ。あとほんの少しでも遅かったら、涅槃(ねはん)に渡っていたぞ」

「ぐぬ」

　ずいっと天を下から睨みつけるシオンが、口を尖らせる。

「大体こういう時は、天が悪いに決まってるんだよね。理由とかちゃんと説明すればいいのに、どうせしなかったんでしょ」

　光晴も同意するように頷く。

「天さんもしかして、またダメって言っただけじゃない？　そんなの、奏斗くんも納得できないよね」

そのどれもに、奏斗は深く何度も首を上下に振る。味方がいなくなった天は鼻にしわを寄せ、「ぐぬぬぬぬ」と唸る。そんな天の肩を、光晴が慰めるようにさすった。

「むしろ奏斗くんのメッセージですぐ駆けつけられたんだから。感謝しなくちゃ」

「え！　あれ、届いたんすか！」

目を輝かせる奏斗へ、光晴は笑顔を向けた。

「そうだよ。奏斗くんのおかげだよ」

「やった……！」

奏斗の胸に達成感のようなものが生まれる。みんなの役に立てたことが純粋に嬉しかったのだ。

そうして、事件が解決したのでこの後どうしようか、と相談を始めた矢先、ひとりの男性が図書室の戸口からひょこりと顔を出した。

「おや？　まだ残られていたんですね」

三十代ぐらいの男性で、眼鏡をかけており地味で冴えない風貌(ふうぼう)だ。

「そろそろ閉校の時間ですよ。霞さん、こちらの方々はどちら様でしょうか」

「酒井先生、すみません」

とっさに返事をする蓮花だが、奏斗は顔をしかめた。

耳にしたことがある名前だ、と瞬時に奏斗の脳を危険信号が駆け巡った。確か、羽奈の母校でいじめの主犯格だった教師が口にした名ではなかったか――確信した奏斗が天を振り返り、叫ぶように言う。

「天さん！　こいつ、もしかして！」

「おう、カナト。さすが俺の弟子だな。……当たりだ」

「はい？」

口角を上げたまま首を傾げる酒井に、奏斗と天が詰め寄る。

「あんた……先生、じゃないっすよね」

「うまいこと化けたもんだよなあ」

ふたりの言葉で、場の全員が一気に緊張感を高める。

酒井はさもおかしなものを見たかのように肩を揺らしてくつくつと笑い、おもむろに眼鏡を取り――その姿をたちまち変化させた。

「バレちゃったか」

青く長い髪が生え、めきめきと体が分厚くなり、背も天と同じぐらいまでぐんぐん伸びていく。白いポロシャツのボタンがいくつかはじけ飛んで、襟の間から胸筋が見えた。

凛々しい弓なりの眉に、切れ長の目。通った鼻筋にやけに赤く薄い唇。そして額には、堂々と太い一本の角（つの）が生えている。

先ほどまでの存在感の薄さはなんだったのだろうか、と思うほどの威圧が全身から放たれ、たちまち全員の動きが封じられた。

「酒呑童子……！」

ぶわりと総毛立つシオンは、銀毛の耳と二本の尾を生やし、琥珀色の瞳孔を見開いてその名を呼ぶ。すかさず蓮花が愛莉をかばうように仁王立ちになり、警戒するよう強い言葉を発した。

「なんて禍々しい鬼の気なんだ！」

この場にいる全員を順番にゆっくりと見る酒井——酒呑童子は、口角を上げたまま奏斗の前で視線を留めた。

「ウクックック。やあ、久しぶり。やっと会えた。会いたかったよ、茨木童子」

「いばらき？」

奏斗はその名にピンと来ず、首を傾げる。その様子を見て、酒呑童子は愉快そうに肩を揺らす。

「おや、おや。教えていなかったのかい、大天狗」

「るせえ！」

奏斗は戸惑いながら天を見る。そして、酒呑童子の声を聞くたびに体内から湧き上がる力に、一層困惑した。

「天さん……俺、鬼じゃないって」

「鬼じゃねえ！」

「でも、でも……え？　な、んだ、こ、れ……」

舌なめずりをする酒呑童子は、熱情をはらんだような目で奏斗を見つめた。

「ウクックック。騒ぐだろ。滾るだろ。思うがまま、喰らってしまえよ」

酒呑童子の誘うような言葉を聞いて、奏斗は戦慄する。

（あの、いつもの声は！　こいつだった！）

そう確信するなり、胸と額が急激に痛み始める。奏斗は目を見開き、呻き声をあげながら、左手で胸のあたりの服を掻きむしり、右手で額を押さえつけた。口の端からは唾液がとめどもなくこぼれ落ち、床にぽつぽつといくつも水玉を描いた。

「喰いたいだろう。特に活きのいい若い女が好きだったよなぁ」

奏斗の様子を愉快そうに眺める酒呑童子の言葉に、蓮花がハッとする。人を喰えば、鬼に成る――蓮花の背後には、愛莉が寝かされている。

蓮花はなんとか左手から退魔刀を呼び出すが、酒呑童子の気に負けて構えられない。仕方なく刀を床に置いた状態で、愛莉に覆いかぶさるように片膝を突いた。

天は歯をぎりりと噛みしめる。

「くそ……だから関わるなっつったろうが！」

「ちゃんと言わない天が悪い！」

シオンに即座に否定され、天は頭を掻きむしった。

「ああそうだな、そうだよな！　俺のせいだ！」

「ぐる、ぐるるる、んあああ」

奏斗が苦しさのあまり、左右に何度も頭を振る。ふらついては首を振り、よろよろと室内を歩き回る格好になった。

鋭い犬歯が奏斗の口から生え、爪は真黒く染まって伸び、額はぼこぼこと波打っている。ぶんぶん、と頭を振るたびに汗と血が飛び散る。唇を強く噛みしめて切れたのだろう。顎には唾液だけでなく血も流れている。

そんな奏斗の姿を見て、酒呑童子が恍惚とした表情で両腕を広げながら誘う。

「また、昔みたいにふたりで暴れよう。なあ、茨木童子」

「お……れは、カナト、だ！」

「いやぁ、その匂い。その声。間違いなく茨木童子だよ。ああ嬉しいなあああっ！」

最凶最悪の青鬼がさらに放った気に気圧され、誰もが指一本動かせないどころか声すら出せなくなる中、天だけが地を這うような声を発する。

「大天狗を、縛るたぁ……やるじゃ、ねえか」

「さ～すが、大天狗。これでも動けるなんてすごいなぁ。でも……茨木童子は、おれのものだよ」

ぶわり、と芳醇（ほうじゅん）な香りがする紫色の霧が酒呑童子の体から吹き出し、奏斗と天たちを分断する幕のように広がる。

「さあ、さあ。また一緒に楽しもう」

濃い霧に視界も動きも遮られた天は、それでも必死に叫ぶ。

「カナトッ！」

名前を呼ばれて意識を取り戻した奏斗は、歯をぎりぎりと噛みしめながら必死に欲に耐え、対峙するように、酒呑童子の真正面に立つ。

浮世離れした美貌が恍惚（こうこつ）とした表情でこちらを見ている様は、恐ろしいはずであるのに、自らの命すら捧げたいと思わせる絶対的なカリスマがあった。酒呑童子の真っ赤な唇を、真っ赤な舌がぺろりと一周するのが目に入ると、奏斗の欲望が最高点に達する。

（やっべえ！）

喰いたくて喰いたくてたまらないが、誰にも危害を加えたくない。ならば、と奏斗は瞬時に矛先を酒呑童子に変え、殴りかかった。

「うおらあ！」

加減など考慮せず、拳を何度も大きく振りかぶる。人間なら一撃で骨まで砕ける奏斗の拳を、酒呑童子はひらりひらりと軽くいなす。

「ウクックック。やあ、やあ。怪力は健在だねえ」

「うるっせえ！」

「こわや、こわや〜」

奏斗は鬼気迫る表情で、何度も酒呑童子に拳を振り追いかける。そのうちの一回が頬を掠める（かす）と、一条の傷が走りバッと血が散った。

「シイッ！」

さらに繰り出される奏斗の拳を、今度はがっしりと手のひらで掴んだ酒呑童子は、ニタァと口角を上げる。

「さあすが、強いねえ」

「ばっかに、すんな！」

奏斗が振りほどこうとしても、ぴくりともしない。怪力には自信があったが、一瞬にして到底敵わないことを見せつけられ動揺する。

「ばかになんか、してないよ」

心底嬉しそうな顔で奏斗をぐいっと引き寄せた酒呑童子は、その頬を撫でる。

「愛しい、おれの茨木童子」

青い目が、煌（きら）めいている。それを見ていると、胸の奥から湧き出る憧れのような感情が、奏斗をこれでもかと翻弄する。

（やべぇ！　引きずり込まれる！）

奏斗はなんとか酒呑童子から離れようと、一歩下がろうとする。同時に、酒呑童子に掴まれているのとは反対の手首を、誰かががしりと掴んで引っ張った。

「カナトッ」

奏斗は希望とともに、頼もしい人の名を呼ぶ。

「天さん！」

紫の霧を蹴散らして現れたのは、ぐいっと口角を上げた天だ。

「俺の可愛い弟子を、渡してたまるかよ！」

「あらあ。さすが、大天狗だね」

握った奏斗の拳を放さないままで、酒呑童子は肩を竦める。奏斗を挟んで、天と酒呑童子が綱引き状態になり、天は低い声で凄む。

「その手え、放しやがれ」

「やあだね」

「ちっ」

酒呑童子が拒絶の言葉を口にするや否や、みるみる天の鼻が、伸びていく。

「悪鬼折伏！」

天は、ぶんっと音が鳴るぐらいに勢いよく、羽団扇(はうちわ)を一閃した。さすがの酒呑童子も、これは避けざるを得ないとばかりに素早く身を翻(ひるがえ)し、奏斗から手を放した。

その隙に奏斗は急いで酒呑童子から離れ、天の背後まで下がる。ふと、足元に蓮花の退魔刀が横たわっているのが目に入った。

(拳でダメなら!)

「物騒な技はやめておくれよ、大天狗」

やれやれとばかりに大きく息を吐く青い鬼は、未だに覇気が衰えない。それに真っ向から対立するように、天が吐き捨てる。

「うるせえ。大人しく、諦めろってんだ」

「やあだってば。茨木童子は、おれのもの」

のらりくらりと問答しつつ、酒呑童子の注意は奏斗から外れない。

「ちっ。しゃあねえ」

天がもう一度大きく羽団扇(はうちわ)を構える。酒呑童子が奏斗から目線を外し天に移した一瞬——奏斗は動いた。

何かを素早く振るったような空気音が、図書室に響き渡る。それから濃い鉄の匂いが漂い始め、ギリギリと何かがきしむ音と、息を荒らげる音が続いた。

「……俺は、奏斗だっつってんだろうが……!」

奏斗が渾身の力を込めて振り下ろし、酒呑童子がとっさに手のひらで止めたのは、蓮華（れんげ）——蓮花の持つ、対あやかしの退魔刀だ。その刀身が今、赤い液体で濡れている。

きらめく鋼を血液が伝い落ち、カーペットの床にぽつぽつと絶え間なく赤黒い水玉模様を作った。

鬼の血と涅槃香（ねはんこう）が混ざった甘い香りが「鬼に成れ」と誘惑する中、奏斗はもがきながら、負けじと叫ぶ。

「人は！　殺して喰うより、一緒に飯を食うほうがうまいんだよ！」

酒呑童子は、奏斗が必死に押し込む刃を掴んで止めながら、歓喜の声をあげる。

「思い出したか！　やあ、やあ！　あな、うれし！」

奏斗は握る刀に込めた自身の力と、鬼を斬った恐ろしさに震えながら、問う。

「なんで！　こんなこと、したんだよ！」

「この教師が、おれを起こしたからさ」

ウクックック、と笑う酒呑童子の声には、変わらず張りがある。手のひらが深く切れ出血量が増しているにもかかわらず、奏斗が蓮華（れんげ）を動かそうとしてもびくりともしない。酒呑童子は、心底愉快だと言わんばかりに肩を揺らす。

「首塚で気持ちよく寝てたんだけどね。ま、退屈だったし？　久しぶりに下界へ降りるのもいいかと思って。世の中が色々変わってて驚いたけど、人間の心は変わらんね」

そんな鬼の言葉に、愕然としたシオンが独り言のように言い放つ。

「それが本当だとしたら、なぜ、そんなことができたんだ⁉　首だけで封印された鬼を起こすだなんて、ちょっとやそっとじゃ……！」

「うん、猫又の言う通り。こいつはこう見えてなかなかの悪童でなあ、体中に若い女の匂いがたくさん染みついてたのさ。それこそ、おれが腹を空かして起きるぐらいにね。中学教師ってのは、活きのいい女には事欠かないもんなあ。ウクックック」

蓮花がそれを聞いた途端に吐きそうな顔をし、激しく身を揺する。が、覇気で動きが封じられ、思うように動けないでいる。

この教師が何をしてきたのかは、火を見るよりも明らかだ。この場にいる全員に、瞬間で怒りと嫌悪感が湧いた。

「いよいよ捕まりそうで自棄(やけ)になって逃げてきたって言うから、魂ごと喰らって楽にしてやったのさ。三、四年ぐらい前だったかな。代わりに知識と体を手に入れられたよ。ウクックック」

奏斗は戦慄する。

羽奈が涅槃香(ねはんこう)を植えつけられたのも、梨乃が言霊(ことだま)を手に入れたのも、そして奏斗が便利屋にやってきたのも。

奏斗の中で運命が数珠(じゅず)つなぎになった感覚があった。

（全てはこの鬼の、手のひらの上だったということか！）

だが、運命に抗(あらが)うように、叫ぶ。

「なら、酒井を喰らうだけでよかっただろう！　なんでこんなことを！」

「楽しいからさ！　酒に女、遊んで殺す。ひっかきまわして、貪り喰って。それが鬼の所業ってやつだよ。何をいまさら」

くつくつと笑う酒呑童子がようやく刃から手を離すと、どっと切っ先が床につく。それ以上刀を振るう気力のない奏斗は、波打つ額を片手で押さえた姿勢で、肩で息をしながらかろうじて立っている。

酒呑童子は、ふうと大きく息を吐くと、切なそうな表情で改めて奏斗を見やった。

「なあ、茨木童子。また仲良く……」

しかし最後まで酒呑童子の言葉を聞かず、奏斗は吐き捨てた。

「俺は、奏斗だ！　誰がお前なんかと！」

「つれないねえ。ま、そんなこったろうと思ったけどね」

酒呑童子は肩を竦(すく)め、ぼたぼたと血の垂れる手をべろりと舐めながら、今度は愉悦の表情で、奏斗の後ろにいる天を見やる。

「よく躾(しつ)けたもんだねえ、崇徳院」

「あ？　躾けちゃいねえよ。それがカナトだ。てかその名で呼ぶんじゃねえ。俺は天だ」

「鬼を飼う大天狗なんて、最強じゃないか。何するつもりだあ？」

「便利屋だ」

天があまりに即答するので、酒呑童子は一瞬目を見開き、動きを止めた。

「べんりや？」

「おう。なんでも便利にお助けするぜ、断らないのがモットーですってな」

「本気？」

「本気だ。あとカナトは鬼じゃねえし飼ってもねえ」

酒呑童子は赤い唇を歪めた。口角に嫉妬が漏れているのが、奏斗でも分かった。

「なら、譲ってくれてもいいじゃないか。鬼は鬼同士のほうがいい」

理性を総動員させて鬼になるのを耐えている奏斗は、目を見開いて天を振り返った。

また捨てられるのか、とあの日の記憶が蘇って、動悸がする。心が平静を失い、何かを喰らいたい、という欲が暴れそうになる。

そんな不安げな奏斗に対して、天は口角から八重歯をのぞかせ、いつもの愛嬌のある笑みを浮かべて、こともなげに言い放った。

「家族を譲るバカがどこにいるんだ、バーカ」

それを聞いた奏斗の目に、たちまち涙が浮かぶ。

「天さ……」

「カナトの好きにしたらいい。けどなあ！　俺は！　これっぽっちもお前を！　譲る気はねえぞ！」

天が奏斗の肩をしっかりと抱き寄せ、頭をわしわし撫でる。ボコボコと波打つ額を、大きな手で何度も撫でられた。

(家族って、言ってくれた……！)

その力強さと温かさに、奏斗の涙は決壊しついに止まらなくなった。

すると酒呑童子は、高らかに笑い始める。

「ウクックック。あーっはっはっはっは！」

笑い声と共に、空間に張り詰めていた糸が次々プツンと切れていくような感覚が走った。一気に術が解けたかのように楽に動けるようになる。

すかさず光晴が奏斗に駆け寄り、鬼成りを止めるための札を貼り「六根清浄、急急如律令」と唱えた。ぼこぼこと波打っていた奏斗の額は収まり、伸びた牙も爪もみるみる元に戻っていく。

奏斗の様子を黙って見届けた酒呑童子は、奏斗へ愛おしそうに目を向ける。

「本当は連れていきたかったけど。おれの目的は一応果たしたから。今回はこれで退散してあげるよ。陰陽師がいるだなんて、分が悪すぎるしね」

びくっと光晴の肩が波打つのを見た天が、奏斗と光晴を背に庇うようにして酒呑童子に対峙した。

「目的、ってなんだよ」

「茨木童子を起こすこと、に決まってるじゃないか」

「……それだけじゃねえだろ」

「どうかな。あ、そこの可愛い女の子」

酒呑童子は肩を竦めて天の問いを無視すると、血だらけの手をゆらりと動かし蓮花を指さした。ドクドクと流れる手のひらの血にまるで頓着しない青い鬼は、術が解けてもただそこにいるだけで恐ろしいほどの覇気を発している。

蓮花はその気にあてられ、ただただ震えている。

「童子切、とまではいかないけどね。それは、おれからの餞別。茨木童子を頼むよ」

「なん、だと？」

蓮花の手の中には、最強の鬼の血にまみれた退魔刀がある。

「君の仇は手ごわいからねえ」

「っ！　知っているのか⁉　どういうことだっ！」

「ふふ。こわや、こわや～っ」

ふざけた声音のみを残して、圧倒的な存在感がすうっと消えていく。光晴がすかさず別の真言を唱え、天が羽団扇で宙を仰ぐが、無駄に終わった。

「っだめ、か！」

「あーあ。逃げ足も速ぇなあ。ふう」

天は一度大きく深呼吸をし、それからぎらりと目を光らせ羽団扇をしっかりと構える。

「悪鬼折伏！」

大天狗渾身の力で羽団扇が一閃されると、図書室を満たしていた甘い香りが、ごうっと音を立ててかき消える。

それを見届け、ようやく「だはー」と脱力した天は床に片膝を突いた。体中汗まみれだ。

シオンは「さすが、お見事……あー僕ももう無理にゃー」と猫に戻り、光晴の肩の上にとととっと駆け上がって力を抜く。一方で蓮花は愛莉に寄り添い、異常のないことを確認してホッと息を吐く。

奏斗は、消えた酒呑童子が立っていた場所を呆然と見つめ、呟いた。

「……外道丸……」

◇

その後、蓮花に後始末を任せ、他の四人は先に帰宅することになった。

『図書室で女子生徒に暴行しようとした教師を、臨時事務員が発見して止めた』というシナリオでもって蓮花が救急車を呼び、愛莉を搬送してもらい、警察の事情聴取を受けたらしい。ちなみに、蓮花が解放されたのは翌早朝だったんだとか。

天は愛莉に『人心掌握（じんしんしょうあく）』を使って蓮花の証言との辻褄合わせをしてから倒れ、いつものように奏斗に担がれて帰宅した。くたびれた蓮花からは「任務完了、問題なし」とだけ連絡があった。

そうして迎えた翌日の朝。いつものように奏斗が掃除でもしようと店内奥の長暖簾（ながのれん）をぺらりとめくると、ダイキチと散歩に行ったはずの天がいた。

「あれ？　まだ散歩行ってなかったんすか」

「それなんだけどよ。おいぃ、ダイキチ～」

天がリードを引くものの、なぜかダイキチは両足を踏ん張って、テコでも動かんぞ！　と意思表示をしている。抵抗しすぎて、ずれた首輪が頬肉をぎゅうと押しつぶし変顔になっている。まるで狐の顔のようで、奏斗はふはっと笑った。

「あんだよー、なんで急につれなくなってんだよ」

天がぶつくさ言うものの、ダイキチはプルプルと頭を横に振って拒絶している。

「ダイキチ、散歩嫌なのか？」

ダイキチはそう尋ねる奏斗を見るや、ふんす、と鼻を鳴らし胸を張った。

「あー、カナトがいいってか？　うは～浮気ものめ～！」

天がそう言うとダイキチはワンと大きく吠え、ヘッヘッへと息を吐き期待の目で奏斗を見つめ始めた。

「ご指名いただいちゃいましたか」

奏斗は眉尻を下げながらそう言い、店番用のサンダルで店に降りる。ダイキチの手前の床に片膝を突いて頭をくしくしと撫でると、ダイキチはくぅ～んと甘えるように鳴いた。

「はは。じゃ、俺が散歩行きますよ」

「おう。任せた」

奏斗は「ちょっと待っててな」とダイキチに話しかけてからスニーカーに履き替え、天からリードを受け取り、外に出た。

店の外は早朝にもかかわらず既に暑く、蝉が全身を震わせるように鳴いていて、うるさいぐらいだ。

人気のない舗装されたアスファルトを、日陰を選んでいつもの公園まで歩いていく。

ダイキチがちらちらと自分を見上げることを不思議に思った奏斗は、話しかけてみた。

「……もしかして、俺が落ち込んでるから？」

「おんっ」

「そっか。ありがとな、ダイキチ」

ダイキチは奏斗を見上げ「いいよ！」と言っているかのように尻尾をぶんぶん振りながら、夏の朝を奏斗と一緒に歩く。

か弱い小さな生き物が、こうして慰めてくれている。大丈夫だ、自分は恐ろしくない、と思えた奏斗の目に、じんわりと涙が浮かんだ。


「結局、失踪した理科教師・酒井が起こした事件、になったかあ」

天が広げる新聞には『いじめによる柚月の自殺未遂』と、環の隠蔽工作によって『中学教師による愛莉への暴行未遂』となった事件が同じ学校で起こった、とセンセーショナルに書き立てられている。固有名詞や個人名は伏せられているものの、近隣住民には明らかだろう。

朝の散歩後恒例の、ねこしょカフェ。本日のモーニングセットは、ベーコンレタストマトサンドとグァバジュースだ。緑と赤のコントラストが、食欲をそそる。

事件から数日経ってようやく落ち着き、シオンの特等席に天と奏斗、シオンと蓮花がそろっていた。

「うん。教育委員会が情報出し渋ったからって、おたまがめちゃくちゃ怒っててさあ。自殺未遂のことも、怪しい教師の存在のことも」

シオンがぶるりと震える肩を自分でさする。怒った環がよほど怖かったのだろう。

「隠蔽(いんぺい)体質が治らない限り、学校内は密室のままだ。こんなの、氷山の一角だろう」

憤った蓮花が眉間にしわを寄せている。風評被害を恐れた学校と教育委員会が、夏休みなのをいいことに情報封鎖を行っていたことも明らかになった。今回被害者となった愛莉の母親がＰＴＡ代表となり、今後保護者会で追及するという。おかげでねこしょカフェの評判も上がったそうだが、皆それには複雑な気分だ。

「まあなぁ……それもあるが、やつの家を捜索したらボロボロ証拠出てきたって、えげつねえよな」

天が新聞の一面を見ながら、吐きそうな顔をする。警察が家宅捜索した酒井の家から、動画や写真などのコレクションがたくさん出てきた……と書いてあるが、わざわざ書かなくてもいいことだと奏斗は思う。

この記事を見た被害者が、どんな思いをするかぐらい考えられないのだろうか。記事を書く人間もまた加害者ではないか、と思うのだ。

「あんなやつ……斬りたかった……」

ぎりぎりと拳を握る蓮花を、天がガサガサと新聞を折りたたみながら宥める。

「あんなあレンカ、飛縁魔だけならまだしも、酒呑童子までとなると、『鬼切』の異名を持っちまう。そしたら、まともに暮らしていけなくなるぞ?」

「なぜだ?」

「なぜっておめえ……」

言い淀む天の代わりに、蓮花の隣に座るシオンが、ずず、とリンゴジュースを飲みながらしれっと言う。

「鬼っていうのはね。言うなればあやかしのトップ・オブ・ザ・トップなんだよ。実力第一位のチャンピオンてやつね。だから、『鬼切』を倒したら俺が次のトップだって、二十四時間ややこしい奴らに狙われちゃうわけ」

「だーもう! シオン! お前もうちょっとこう、ぼかすとかさあ」

「ぼかしてどうすんのさ? 大体、前例ありまくりだし。ちょっと調べたら分かる」

「ぐうの音も出ねぇ」

言葉に詰まる天の横で、奏斗が自分の手を見つめている。表と裏。ひっくり返して、戻して。まるで自分が自分であることを確かめるかのように。

「あやかしの、トップ……」

奏斗にはあれ以来、鬼になる兆候は見られないものの、すっかり元気がなくなっていた。鬼の記憶を夢に見ることがあり、うなされて安眠できていない。今も、目の下に濃い隈ができている。

「しっかし、恐ろしかったよなあ、あの『涅槃の檻』ってやつは」

話題の転換を試みた天のそんな言葉に、皆、余計に黙りこくった。本当に、恐ろしい術だったからだ。

捕らわれたが最後、生への執着を失い、帰りたいと思わないまま、切り離された空間であっという間に時が経つ。本人が気づかぬうちに数十年過ごしていた、なんてことも十分ありえただろう。

「……それなんだけどね。酒呑童子が、そんな知恵持ってたかなあ？」

買い物に出ていた光晴が忙しなく動きながら、天の背後にあるカウンターの中から会話に混じる。いつの間にか、戻ってきていたようだ。

「みっちーさん、おかえりなさい」

奏斗が振り返って言うと、光晴は柔らかい笑みを返す。

「ただいま。外、あっついよ～」

光晴はカウンターの上に荷物を置き、額の汗を拭きながら、がさごそとエコバッグから食料や洗剤を取り出している。

奏斗はそんな彼を見つめながら、ボソリと言う。

「天さん。もしかしてみっちーさんに名前と違うあだ名づけたのって」

「あー。えっとだな……そのー」

またも言い淀む天の代わりに、光晴がカウンターから出てきてテーブルに駆け寄る。

「うん、そうだよ奏斗くん。名前は呪になりえるからね。天さんは僕に気を遣ってくれてるんだ」

「そ……すか」

「今さらって思うかもしれないけど。ちゃんと、話すつもりだったんだよ」

なんとなく垂れた首をパッと上げた奏斗に、光晴はにこっと笑いかける。

「奏斗くんのことも、僕のことも」

それから、座っている奏斗の真横の床に片膝を突いて見上げた。

薄茶色で少し濡れたようなその瞳が奏斗の目を捉えて離さないので、奏斗は椅子を後ろに出して体ごときちんとそれに向き直った。光晴はその様子を見て、奏斗の膝にそっと手を乗せる。

「僕のお札、効いたでしょ？」

「え、……はい」

鬼に成っていく愛莉と奏斗を止めた札は、陰陽師である光晴が作ったものだ。

「僕はね、ずっと迷っていたんだ。陰陽師だったのは前世で、今はただの人間なんだよ。それでも術は覚えているし、力もある。奏斗くんと似てると思わない？」

　奏斗は息を呑んだ。確かに似ていると思ったからだ。

「シオンは、前世での僕の眷属。あやかしどもから恨まれて命を狙われるようなこの僕を、側で守ってくれているんだ。それに甘えて、ずっと隠れていようって思ってたけどね」

　光晴は床にしゃがんだままシオンを見て、また奏斗を見た。

「僕が君の力になれることが分かったから、それはやめようって思えた。他にも、困っている人や悲しんでいる人がいたら、助けになりたい。だから、この運命を受け入れて生きようって決めたんだ」

「みっちーさん……」

「奏斗くんは人間だ。僕が保証する。でも、もしも。もしも将来、鬼になってしまうことがあったら」

　光晴はそう言うと、意を決した様子で立ち上がり――奏斗の首にぎゅうっと抱きついた。

「っ⁉」

「僕が、止める！　絶対、止めるって約束する！　だから君は、ずーっと。奏斗くんのままだよ！」

奏斗の耳元で、光晴が叫んだ。

「だから、信じて？　大丈夫だよ！」

途端に、奏斗の両眼から涙があふれる。

自分の力への不安と恐れ。また否定されるのではないか。いらないと言われるのではないか。

それに、自分がどうなるか分からない。鬼の血を持つ自分が怖い。

それでも、ここにいたい。家族と言ってくれた大天狗と共にありたい。愛したいし、愛されたい。

光晴は体を離すと奏斗の頬に手を添え、額に額をくっつけた。そこに角（つの）なんかないよ、と態度で言われているようだった。そうされて初めて、奏斗は心の底から安心する。目を閉じてゆっくりと息をした。

人の温もりが、こんなにも心地よいだなんて、今まで知らなかった。

（そういえば、母ちゃんにも抱きしめられたことはなかったな）

それなのに天も光晴も、こうして自分に触れてくれるのが、たまらなく嬉しい。これが、家族の温もりというものなのだろうか。

「はい。みっちーさん。俺になにかあったら、止めてください」

奏斗は、光晴を恐る恐る抱きしめてみる。温かい血の流れた人間と触れ合える自分に、また安心した。

「うん。絶対。約束するよ」

光晴は奏斗の心の内を見透かしているかのように、強く抱きしめ返す。

その様子を眺めていた天が満面の笑みで立ち上がり、横からふたりをがばりと抱きしめた。

「もちろん俺もいるぞぉ」

「ぐす。天さん……」

「あはは、天さんったら、僕まで？」

奏斗だけでなく光晴までまとめて抱きしめる天に向かって光晴が笑うと、天は当然とばかりに大きく頷いた。

「おう。俺の可愛いカナトを助ける奴はぁ、丸ごと面倒見てやるからな」

「可愛いくは、ないっす」

「かんわいいぞー、カナトー！」

「うっざ」

「ああん⁉」

天の腕の中で身をよじり離れようとする奏斗と、それを追いかける天の攻防が始まり、光晴が笑いながらふたりの背中をぽんぽんと叩く。

「あはは。天さんも奏斗くんも、可愛いです」

「みっちーさん、はずいっす」

「おうおう。陰陽師に可愛い言われるたあ、天狗の納め時かぁ？」

天の軽口には、シオンがジト目で冷たく返す。

「それを言うなら、年貢でしょうよ。ほんっとにしょうもない」

「だはー！」

「天さんてば。納めたい時は僕がちゃんとしますから。ふふ」

それには天は、降参とばかりに両腕を上に挙げる。

少しの間皆で笑い合って、光晴はにこやかにカウンターの中へ戻っていった。そろそろねこしょカフェは、客が増えてくる時間だ。こぽこぽとサイフォンの音がする中を、光晴が水音を立てて何か洗い始める。

シオンが心底呆れた、といった態度で口を開いた。

「そもそも天が、ちゃんとカナトに色々言わないからダメなんだよ。伝えるの大事」

「へえへえ」

「ほんとに分かってんの？」

「んな責めんなよ〜」

黙って成り行きを見守っていた蓮花が、天に向かって身を乗り出した。

「じゃあ童子切や鬼切は諦める代わりに、天狗切ならどうだろうか？」

「じゃあって、なんでだよ⁉」

「奏斗のために、おしおきしてやろう」

「自分のためだろ⁉」

それらの会話を聞いていた奏斗は、たまらずふはっと笑った。それぞれが自分のために天を叱ってくれるのが嬉しいからだ。

「シオンさんも蓮花さんも、ありがとうございます。あっ、二神さんに連絡しなくちゃですね！　無事帰ってきましたよって、蓮花さんの写真撮って送ってもいいすか⁉　早く安心させてあげたいっす」

蓮花はものすごく嫌そうな顔をしつつも、椅子に座り直し髪の毛を整える。気難しい蓮花がこうして奏斗のお願いを聞いてくれるのも、奏斗にとって非常に嬉しいことだ。

すぐに二神へ送った蓮花の写真——証明写真みたいな仏頂面——には、送った瞬間既読が付いて、猫が号泣するスタンプが返ってきた。みんなでそれを見て笑う。きっと次の日曜日には、喜ぶ二神が見られるだろう。

明るい気持ちになった奏斗が天と共に店から出ようとすると、なぜかそのタイミングでシオンが衝撃の事実を放った。

「ところでカナト。光晴のお札は特別な紙とありがたいご祈祷でもって、京都から取り寄せててね。一枚一万円するから。天も使わせないように頑張ってよね！　じゃ」

言い捨てると、くるんと猫の姿になり、タタタとどこかへ走り去ってしまった。

「は⁉　いちまん⁉」

奏斗が裏声で叫びながら、文字通り飛び上がる。

「えっ？　え⁉　マジすか⁉」

両手で頭を押さえながら、奏斗は動揺しカウンターの中の光晴を振り返る。愛莉と自分で、軽く十枚は使っていた。つまり――

「奏斗くん、気にしないでいいから」

光晴がなんでもないかのように手を振るが、奏斗は頭の中で必死に、居酒屋バイトの時給掛ける労働時間を暗算する。スーッと気が遠くなった。

「やべぇ！　また泣きそう！」

「だっはっは！　泣き虫だなぁカナト。今度は俺様が抱っこしてやろう」

「それどころじゃないっすよ！　とにかく働かないと！　行きますよ、天さん！」

奏斗は急いでカフェから出ると、蒸し暑いアーケード商店街をずんずん歩いて便利屋へと向かう。そんな奏斗に、天は後ろからガバッと抱きついた。

「おうよ」

「んもー、天さん！」

奏斗は笑いながら、ひょいっと天を背負って、再び歩き始めた。

◇

病院で目を覚ました柚月の視界に真っ先に入ったのは、何十歳も老け込んだかのような、母親の顔だった。起きてくれてありがとう、ごめんね、と強く抱きしめられ、泣かれ。そうしてようやく、自分が母親に愛されていることを自覚した。

（死に損なっちゃった……でも、面白い夢、見れた……美少年とか。ふふ）

名指しでノートに書かれていた生徒たちは、結局『未来ある若者だから』と、口頭で厳重注意を受けるに留まったらしいと、人伝に聞いた。

先生たちは柚月を腫れ物扱いするだろうが、あと一年だと割り切ることにする。なぜなら愛莉が見舞いに来て、柚月を待っていると言ってくれたからだ。

その愛莉は、右腕に原因不明の大きな青痣ができたらしい。本人いわく、以前のように美少女だなんだと持ち上げられることがなくなったそうだ。

「みんな、勝手だよね。でも楽になった～！　ナンパされても、これ見せたら逃げ腰になるんだもん。病気じゃないっての。ダッサ！」

強く笑ってみせてはいるが、彼女が内心深く傷ついているのは、柚月も分かっている。

ふたりは仲良くなり、迎えた二学期の始業式の日。

柚月は母親を安心させるために登校することを決め、いつもの通学路をひとりで歩きながらふと考えた。

（『未来ある若者』って言うけど、更生できなかったらまた別の人間を傷つけるじゃん。未来を奪うのは、どっち？　罰すること？　罰さないこと？　どちらにせよ、私の傷は絶対に癒えない。私の未来はどうでもいいのかな）

命を絶とうとし、絶ち損ない、長い夢を見ていた。肉体を魂だけで抜け出して学校の図書室に通い、ノートを書き続けた。愛莉に会って、鬼が出て、見知らぬ人たちが助けに来た。

映画みたいにスリルがあって、怖くて楽しい。そこではみんな、柚月の名を呼んでくれた。

男の子と約束したから、目を覚ました。けれども、夢のように助けに来てくれる人なんていない、と虚しくなって、柚月は空を見上げた。

『ほうらね。現実は、地獄だろう』

くつくつと、どこかで美しい青鬼が笑っている。頭の中に聞こえてくる声は現実ではないが、それでいいと柚月は思っている。逃げられる場所が、今の自分には必要なのだ。

『おれが鬼だって言うけどね。皆が皆、鬼なんだよ。どこもかしこも地獄だって、分かっただろう？』

（うん、分かっちゃった。どこにも助けてくれる人なんて、いないんだって。あのノートを使ったことで私が失ったのは、『希望』なんだね）

今の柚月にとって、上に広がる青い空は、まるで逃げ場のない地獄の蓋のように思えた。学校の生徒たちも皆が皆、その地獄の中で周りを蹴落とし合って生きているのだろう。

だが、学校という小さな箱の中で多少のカーストを作ったとして、ただの檻でしかない。地獄の中で、それぞれ分かれた小さな檻。そんな中で一位になったとて、一体何になるのだろうと考えたら、おかしく思えた。

「どうせ、どこに行っても地獄なのに」

柚月は通学路を進み、正門に向かうグラウンド沿いの道を歩く。しかし、登校時間だというのに生徒の姿が見当たらない。生徒どころか、人影も車も、全く目に入らない。

しんとした街並みに、違和感を持つ。はじめは登校日を間違えたかと思ったが、そんなはずはない、と立ち止まって何度も腕時計を確かめていると――

「元気になってよかった、柚月ちゃん」

いきなり目の前に現れた金髪の青年が、柚月の檻をぶち壊してくれた。

驚いて固まっている様子の柚月に、奏斗は優しく笑いかけながらシオンを促す。シオンは、ぴょん、と勢いよく柚月の前に飛び出した。

「やあ！　約束通り、会いに来たよ。ユヅキ！」

「シオン、ン？　え、うそ」

「嘘じゃないよ。友達になりたいって言ったでしょ？」

こてん、と首を傾げた後で、シオンは笑う。

「あー、嘘って思ってた？」

「だって。あれって夢じゃ……」

「ユヅキ、頑張ったね。えらいよ、ちゃんと戻れたね。元気になってよかった」

シオンがにこにこ笑いながら、柚月の両手を優しく持った。

「頑張ってなんかっ」

戸惑った様子の柚月は、顔を俯けて首を横に振る。

「ユヅキは、頑張ったよ」

「……頑張ったって、無駄だよ。何したってどうせまた、いじめられるもん。地獄だっ」

本音が出てしまったと言わんばかりに、柚月は慌てて口を噤む。

すると、今度は天が柚月に近づく。じりじりと照る太陽の下で、顔が赤くなっている。

「なあ、ユヅキ。因果は必ず巡る、ってな。徳には徳、罰には罰が返ってくる仕組みになってる。いじめた奴らが一生幸せなわけねえの。どっかで必ずバチは当たる」

それを聞いた奏斗は、呆れ声を出した。

「天さん〜。そんなの待ってらんないっすよ。天さんみたく強くて長生きならいいんすけどね。今すぐ！　速攻解決必要！　だよね、柚月ちゃん」

奏斗の迫力にびびりつつ、柚月はうんうんと頷く。すると天が笑いながら、彼女に白いカードのようなものを差し出した。

「そうかよ。んじゃ〜、なんかあったらいつでも連絡して来い。これ、俺らの店な。どこでもすぐ助けにくっから」

お馴染みの『便利屋ブルーヘブン』のショップカードを渡された柚月は、それをまじまじと眺めるが、やがて天を見上げて残念そうに言う。

「頼みたくても、私のお小遣いじゃ」

「中学生が、金の心配なんかすんなって。なんかちょっと手伝ってくれたら、それでいいからよ」

「でも」

シオンが笑いながら、遠慮している柚月の両手をぎゅっと握りしめた。

「安心して！　僕の友達価格ってやつだから。ね！」

「そーそー。俺は奏斗っての。よろしくね、柚月ちゃん。さ、天さん、結界解いてください」

奏斗に促された天が、ふっと力を抜く。すると、ざわざわとした喧騒が聞こえてきた。周囲に夏の制服姿の生徒たちが現れ、柚月に気づくとぎょっとした顔で注目する。

ひるんだ様子の柚月に、奏斗はにやっと笑ってからガラの悪いサングラスをかけた。

「柚月ちゃん。俺ね、大事な友達を傷つけるやつ、絶対許さねえから」

そう不穏なセリフを吐くと、拳を手のひらにバチバチとぶつけながら大きな声を出し始めた。

「いったいどこのどいつだっ！　柚月をいじめたやつは！」

一方でシオンは、全力でぶりっ子を披露する。

「僕の大事なユヅキをいじめる子はぁ〜、メッ！　だよ〜〜〜！」

登校途中の生徒たちは、奏斗の存在に恐怖し、シオンに釘付けとなり、「うわ」「やば」「こわ」「え、かわいい」「だれ？」「アイドルみたい」と様々な声を発した。

しかも柚月へは、羨望のようなまなざしを向け始める。ふたりの力技で、柚月の印象ががらりと変わったのは、間違いないだろう。

「ちょ！　やめてー！　目立ってる！　目立ちすぎ！　やば！　あはははは！」

吹っ切れた柚月が大声で笑っていたら、背後から「ゆづきー！」と呼ぶ声がした。

振り返ると、笑顔で愛莉が手を振って歩いてくるのが見えた。

「……地獄のことなんざ、この天さんがキレイさっぱり忘れさせてやらぁ」

天がふたりの様子をまぶしそうに見つめ、柚月と愛莉から酒呑童子の記憶を消し去るために、優しく羽団扇（はうちわ）を仰いだ。

柚月と愛莉が笑顔で連れ立って登校していく姿を見送りながら、奏斗は天とシオンに感謝を述べた。

「天さん、シオンさん。ありがとうございます」

「カナトの頼みだかんな。それにこんなもん、大したことねえよ」

「そーそー。約束守りたかっただけだし」

柚月を助けたい、と天とシオンを学校まで連れてきたのは、他でもない奏斗だ。そんな奏斗に、大天狗は八重歯を見せて笑い、猫又はえへんと胸を張る。その様子に安心して、奏斗は満面の笑みを浮かべた。

「俺、便利屋でよかった！」

三人の真上には、どこまでも青い空が広がっていた。

都心から某沿線で約三十分の、ノスタルジックなアーケード商店街にある小さな店。ガラス扉に付いた銀色スチール製の四角い取っ手を引いて開けると、チリンとドアベルが鳴る。

店の壁際にはスチール棚が並び、掃除用具やらよく分からない段ボール箱やらが所狭しと置かれている。ガラス付き書棚にはファイルがたくさんあるが、入りきらない書類がファイルの上にまで横置きでぎゅうぎゅうに詰められていた。

棚の上に置かれた古い招き猫とは、店内のどこにいても目が合う。壁にはご当地タペストリーがべたべた貼られ、奥にはねずみ色の巨大な事務机が置かれている。

困った問題や面倒な問題、それから不思議で変な問題を抱えて訪れた人間を、愛嬌のある人懐こい笑みを浮かべた赤髪で長身の男と、目つきの鋭い金髪の青年が出迎えてくれる。

そしてどんな依頼も、絶対に断らないのだ。

「いらっしゃい〜」

「お困りごとですか？」

——便利屋ブルーヘブン、本日も営業中。

著：三石 成　イラスト：くにみつ

異能捜査員 霧生椋

Sei Mitsuishi presents
[Ino Sousain Ryo Kiryu]

1～2

事件を『視る』青年と彼の同居人が解き明かす悲しき真実――

一家殺人事件の唯一の生き残りである霧生椋は、事件以降、「人が死んだ場所に訪れると、その死んだ人間の最期の記憶を幻覚として見てしまう」能力に悩まされながらも、友人の上林広斗との生活を享受していた。しかしある日、二人以外で唯一その能力を知る刑事がとある殺人事件への協力を依頼してくる。数年ぶりの外泊に制御できない能力、慣れない状況で苦悩しながら、椋が『視た』真実とは……

1巻　定価：本体660円＋税　ISBN 978-4-434-32630-1
2巻　定価：本体700円＋税　ISBN 978-4-434-34174-8

Shizuki Tachibana
橘しづき

視えるのに祓えない
九条尚久の心霊調査ファイル

アルファポリス「第5回ホラー・ミステリー小説大賞」特別賞受賞！

『見えざるもの』が引き起こす怪奇現象を調査せよ！

「捨てるなら、私にくれませんか」

母親の死、恋人の裏切り――絶望に打ちひしがれた黒島光は、死に場所として選んだ廃墟ビルで、美しい男に声を掛けられた。九条と名乗るその男は、命を捨てるくらいなら、自身の能力を活かして心霊調査事務所で働いてみないかと提案してくる。しかも彼は、霊の姿が視える光と同様に『見えざるもの』を感じ取れるらしく、それらの声を聞いて会話もできるとのこと。初めて出会った同じ能力を持つ彼が気になり、光はしばらく共に働くことを決めるが……

定価：770円（10%税込）　ISBN978-4-434-33897-7

イラスト：萩谷 薫

この作品に対する皆様のご意見・ご感想をお待ちしております。

おハガキ・お手紙は以下の宛先にお送りください。

【宛先】

〒150-6019 東京都渋谷区恵比寿4-20-3 恵比寿ｶﾞｰﾃﾞﾝﾌﾟﾚｲｽﾀﾜｰ 19F
（株）アルファポリス　書籍感想係

メールフォームでのご意見・ご感想は右のＱＲコードから、
あるいは以下のワードで検索をかけてください。

アルファポリス　書籍の感想

ご感想はこちらから

アルファポリス文庫

便利屋ブルーヘブン、営業中。

～そのお困りごと、大天狗と鬼が解決します～

卯崎瑛珠（うさき えいじゅ）

2024年11月25日初版発行

編　集－山田伊亮・大木 瞳
編集長－倉持真理
発行者－梶本雄介
発行所－株式会社アルファポリス
〒150-6019 東京都渋谷区恵比寿4-20-3 恵比寿ｶﾞｰﾃﾞﾝﾌﾟﾚｲｽﾀﾜｰ19F
TEL 03-6277-1601（営業）　03-6277-1602（編集）
URL https://www.alphapolis.co.jp/
発売元－株式会社星雲社（共同出版社・流通責任出版社）
〒112-0005 東京都文京区水道1-3-30
TEL 03-3868-3275
装丁イラスト－真久
装丁デザイン－AFTERGLOW
印刷－中央精版印刷株式会社

価格はカバーに表示されてあります。

落丁乱丁の場合はアルファポリスまでご連絡ください。

送料は小社負担でお取り替えします。


ISBN978-4-434-34834-1 C0193